PARTE DE MÍ

CAT SCHIELD

Editado por Harlequin Ibérica.
Una división de HarperCollins Ibérica, S.A.
Núñez de Balboa, 56
28001 Madrid

I.S.B.N.: 978-84-687-6634-8
Depósito legal: M-22537-2015
Impresión en CPI (Barcelona)
Fecha impresion para Argentina: 11.4.16
Distribuidor exclusivo para España: LOGISTA
Distribuidor para México: CODIPLYRSA
Distribuidores para Argentina: Interior, DGP, S.A. Alvarado 2118.
Cap. Fed./Buenos Aires y Gran Buenos Aires, VACCARO HNOS.

Capítulo Uno

Ver varias limusinas aparcadas junto a la acera del St. Vincent, uno de los colegios privados de mejor reputación de Manhattan, era bastante habitual, y Bella McAndrews no reparó de manera especial en ninguna de ellas cuando se arrodilló para despedirse de sus alumnos. Era el último día de colegio, y doce niños habían formado una fila para abrazara. Cada niño era único y precioso, y cuando el último de ellos se acercó, Bella casi no podía hablar de la emoción.

–Es para ti –dijo un pequeño muy serio cuando le entregó un dibujo hecho a lápiz–. Para que no me olvides.

–¡Nunca podría olvidarte!

Lo que el pequeño Justin le ofrecía no era un dibujo corriente. Tenía talento, y sus padres lo habían apuntado a clases de dibujo.

–Es precioso, Justin.

–Gracias –una sonrisa transformó la solemnidad de su expresión, pero enseguida volvió a ponerse serio para decir:– que tengas un buen verano.

–Tú también.

Y se levantó intentando sonreír. Le costaba un triunfo separarse de sus niños. Ojalá pudiera retenerlos para siempre, pero la vida no funcionaba así.

–Bella…

Alguien la había llamado por su nombre, haciéndose oír por encima del estrépito reinante. Era la voz de Blake Ford, sin duda, aunque no había vuelto a oírlo desde el verano anterior. La alegría la dejó clavada al suelo. Las pesadas puertas de madera de St. Vincent, a unos pasos detrás de ella, eran el lugar perfecto para esconderse. Lo mejor que podía hacer era huir, y no pensar en lo mal que lo había pasado aquellos últimos nueve meses.

Hizo como si no lo hubiera oído y dio media vuelta, pero antes de que pudiera escapar, sintió la mano de Blake en un brazo.

Sus hombros de nadador enfundados en un jersey gris no la dejaban ver nada más, y respiró hondo. Olía a jabón, el olor fresco y limpio de un arroyo de montaña. Blake Ford no necesitaba colonias.

Enigmático. Intenso. Imponente. Blake la había impresionado desde su primer encuentro en la clínica de fertilidad, pero la intuición heredada de la abuela Izzy, le sugirió que lo escuchase.

Se había trasladado a Nueva York para ser madre de alquiler de una pareja que había decidido intentar tener hijos de ese modo, pero antes de que pudiera verse con ellos, la mejor amiga de la mujer se ofreció a hacerlo.

Pero en esos mismos días, Blake y Victoria aceptaron que esa era la única posibilidad que les quedaba de tener un hijo, y el médico los puso en contacto.

Ante una taza de café, mientras Blake y Victoria compartían con ella la profunda tristeza que les provocaba no poder tener familia, Bella llegó a la conclusión de que él no era solo el presidente de una empresa de inversiones, sino un hombre con un profundo deseo de tener familia.

–Blake, cuánto me alegro de verte –la voz le había sonado algo ahogada, y apretó las manos para controlarse–. ¿Qué te trae a St. Vincent?

–Tú.

–¿Yo? –el estómago se le encogió–. No entiendo.

La separación no había demasiado cordial entre ellos. Él no entendía por qué no quería seguir manteniendo el contacto con su familia, y ella no tenía intención de explicarle las razones. ¿Cómo explicarle que de pronto no sentía deseo alguno de desprenderse del niño que había llevado en su vientre durante nueve meses? ¿Cómo revelarle que su mujer le había pedido en términos tajantes que no volviera nunca a ponerse en contacto con ellos? ¿Cómo confesar que el más mínimo roce con él despertaba en ella algo prohibido?

–No has vuelto a Iowa como dijiste.

Sus palabras, y más aún su mirada, estaban cargadas de acusaciones. No parecía satisfecho de verla.

–St. Vincent's me ofreció un segundo año –explicó, a pesar de que la culpa no la dejaba en paz. No le debía más explicaciones de las que les había dado a todos los demás. La verdadera razón era demasiado personal para compartirla–. Pagan mejor que los colegios públicos de mi zona. Y he descubierto que Nueva York me encanta.

–Eso me dijo tu madre.

–¿Has llamado a mis padres?

–¿Cómo iba a encontrarte si no? Estuvimos charlando un rato. No les habías contado la verdad sobre lo que habías venido a hacer aquí, ¿no?

Bella lo miró exasperada. ¿Debía haberles contado a sus padres que había alquilado su útero a unos desconocidos nueve meses para evitar que el banco se quedara con la granja que llevaba cuatro generaciones en su familia? De ningún modo. Era mejor que pensaran que había encontrado un trabajo bien remunerado en Nueva York y que había pedido un préstamo. Ya se había enfadado bastante su madre por ello.

–No quería que se preocuparan.

–En los últimos nueve meses he descubierto que los padres no hacen otra cosa.

–Ya. Supongo que los míos sentirían curiosidad por saber por qué los habías llamado preguntando por mí, ¿no? ¿Qué les dijiste?

–Que habías trabajado para mí hacía un tiempo.

En cierto modo, era verdad.

–¿Solo eso?

Le resultaba difícil de creer que su madre le hubiera dado razón de su paradero a un completo desconocido, pero también era cierto que Blake sabía cómo convencer. Le habían bastado treinta minutos para convencerla de que les alquilara su útero.

–Le dije que habías cuidado a nuestro hijo y que quería saber cómo te iba.

–Me va bien.

La miró de arriba abajo como si quisiera asegurarse.

–Estás estupenda, sí.

–Gracias.

Aunque su examen no contenía connotaciones sexuales, Bella sintió un calor incómodo por las venas.

–¿Y tú, cómo estás?

–Ocupado.

–Como siempre –espetó. Era curioso cómo los meses que habían transcurrido parecían no haber significado nada–. Sigues siendo un adicto al trabajo.

–Ya no. Ahora llego a casa a las cinco todos los días. Mi hijo es demasiado importante para mí.

Hablaba con firmeza, decidido a dejar constancia de que sus prioridades eran distintas a las de su padre, un hombre que para él había sido un extraño por el tiempo que pasaba fuera por negocios. Mientras duró el embarazo, a Bella la preocupaba la cantidad de horas que Blake pasaba en la oficina, pero tras mantener una conversación seria sobre su niñez, quedó convencida de que su hijo iba a ser prioritario en su vida.

–Me alegro de saberlo.

–Lo sé.

Las facciones se le suavizaron un instante, lo que le recordó su expresión el día que la ecografía confirmó que iban a tener un hijo.

–Yo sabía que ibas a ser un buen padre.

Por eso había accedido a su proposición.

–Ser padre acarrea mucho más trabajo del que me imaginaba. Y también es mucho más reconfortante.

–¿Cómo está Andrew?

Que decidieran utilizar parte de su apellido como nombre para el bebé la había conmovido y horrorizado al mismo tiempo.

–Lo llamamos Drew. Es muy listo. Curioso. Y feliz.

–Qué maravilla.

El deseo de abrazarlo, que durante aquellos meses se había ido atenuando, volvió a atacar con fuerza, y tuvo que cruzarse de brazos para consolarse del dolor que le laceró el pecho.

–¿Qué planes tienes para el verano?

Semejante pregunta la pilló desprevenida.

–Mi compañera de piso y yo vamos a ayudar a su prima en un negocio de catering –le explicó. Era algo que había venido haciendo con regularidad desde que vivía con Deidre–. ¿Por qué?

–Necesito niñera para Drew. La chica que lo cuidaba se ha roto una pierna por tres sitios hace una semana, y necesito a alguien que pueda ocuparse de él los próximos dos meses.

–Hay agencias que pueden ayudarte con eso.

–No me gusta la idea. Tuve que entrevistar a treinta candidatas antes de encontrar a Talia. El sábado nos vamos a los Hamptons, y me gustaría que te vinieras.

Bella estaba experimentando sentimientos encontrados.

–Te agradezco que hayas pensado en mí.

Pero no era cierto. Que hubiera pensado en ella le resultaba insoportable. Separarse del bebé la había dejado hecha trizas. Lo había querido desde que apenas era un cosquilleo en el vientre. ¿Cómo iba a poder cuidar de él dos meses y no enamorarse perdidamente de su sonrisa feliz, de sus risas, de su olor?

Se había imaginado que ser madre de alquiler le sería fácil. En el instituto había llegado a la conclusión de que la maternidad no era para ella. No quería ser como su madre, cuya vida había girado únicamente en torno a sus hijos. Había crecido cuidando de sus hermanos, y quería librarse de esa clase de responsabilidad. Estar embarazada de Drew había puesto en jaque todas sus creencias.

–No creo que pueda –contestó.

Él la miró fijamente.

–Te pagaría más de lo que ganarías como camarera.

–Muy generoso por tu parte.

Blake creía que había sido madre de alquiler solo por dinero, y en parte era cierto, pero también había querido ayudarlos a crear su familia. Durante el embarazo había creído que podría estar en contacto con ellos después, pero en eso Victoria había sido tajante. Y por mucho que le doliera, tenía razón: no podía interferir entre marido y mujer.

–¿Has hablado de esto con Victoria?

–Nos divorciamos hace dos meses.

–Oh, Blake…

¿Qué había podido pasar con Victoria y su determinación de que aquel matrimonio funcionase?

–Resulta que, al final, lo de ser madre no iba con Vicky.

Bella se estremeció.

–Le ofrecieron un papel en una obra de Broadway y se ha lanzado a ello.

Así que Victoria le había impedido ser parte de la vida de Drew para luego dejarlo sin madre.

–¿Tenías idea de que sus sentimientos fueran esos?

–No. Ha sido toda una sorpresa.

Blake apretó los dientes.

Para ella también era una sorpresa mayúscula. Victoria se había esforzado con entusiasmo a preparar la habitación del niño, y se sabía de memoria párrafos enteros de libros sobre cómo ser padres. Pero había sido Blake quien la había acompañado a ella a las citas con el médico, mientras su mujer se presentaba a las audiciones.

–Cuánto lo siento.

Sin pensar, le tocó el brazo, y el contacto le llegó al corazón en un segundo. Se apartó inmediatamente. Si él lo notó, no dio signos de ello.

–Ahora comprenderás por qué necesito a alguien de confianza para que cuide de Drew este verano. Me vendría muy bien tu ayuda.

Si hubiera seguido ofreciéndole dinero, habría podido rechazarlo fácilmente, pero no prestarle la ayuda que le pedía era como pedirle a Superman que detuviera un camión cargado de criptonita.

Además, tenía que luchar contra los recuerdos de su anterior visita a los Hamptons: paseos por la playa a primera hora de la mañana, tomar el té en el porche que abrazaba toda la casa. Blake la había invitado a pasar allí dos semanas al final del embarazo. Durante la semana se había sentido un poco sola, pero los fines de semana, cuando Vicky y Blake iban con amigos y familia, la gran casa se llenaba de risas y conversaciones.

–¿Estás seguro de que no estaría mejor aquí contigo?

–Estoy planteándome trabajar la mayor parte de la

semana desde la casa de la playa, pero necesito que alguien cuide de Drew mientras yo estoy ocupado. Puedes tener las tardes y las noches libres.

–¿Cómo puedes pasar tanto tiempo fuera de la oficina?

Recordaba bien las horas que pasaba en el trabajo, y la sombra de una sonrisa apareció en sus labios.

–Ya te he dicho que he cambiado.

Aquel era el Blake que la fascinaba. Un hombre de fuertes convicciones y vibrantes pasiones. Inteligente. Peculiar. Sexy.

¿Un verano entero en la playa, con el hijo sobre el que no tenía ningún derecho, con el hombre al que no tenía derecho a desear?

Ya era muy sensible en todo lo concerniente a Blake. ¿Y si Drew se adueñaba también de su corazón? Crear un lazo permanente con el niño al que había dado a luz no formaba parte de su plan. Después de haber criado a siete hermanos, sabía más que de sobra lo que era ser madre. La libertad era su mayor aspiración, pero le era difícil deshacerse de la ansiedad que le inspiraba el bienestar de Drew.

–Gracias por el ofrecimiento. Es una oportunidad maravillosa, pero creo que tengo que declinarla.

Blake iba a responder, pero antes de que pudiera articular palabra, se abrió la puerta de la limusina y el llanto de un bebé salió como una brisa de la primavera.

–Me parece que Drew quiere tener la oportunidad de convencerte.

Y antes de que Bella pudiera decir nada, Blake se acercó al conductor y tomó de sus brazos al niño. El llanto del bebé se trocó en risas cuando su padre lo alzó por encima de su cabeza. Era conmovedora aquella escena: un poderoso hombre de negocios, vestido con un impecable traje de chaqueta, que había robado un momento a su ajetreada agenda para estar con su adorable hijito de nueve meses. Aquella conexión entre padre e hijo le dejó la boca seca.

Blake acomodó por fin al bebé contra el pecho y volvió junto a Bella.

—Drew, esta es Bella. Ya te he hablado de ella.

Pero cuando los ojos azul grisáceo de Drew, tan parecidos a los de su padre, se fijaron en ella sin pestañear, Bella se preguntó si no habría entendido las palabras de su padre. Alargó la mano esperando que Blake no se diera cuenta de que temblaba, y Drew la agarró con una fuerza sorprendente. Un nudo se le hizo en el pecho. Le costaba respirar.

—Encantada de conocerte, Drew —musitó, y cuando el bebé le dedicó una desdentada sonrisa, se enamoró en el acto.

Mientras Bella contemplaba al bebé que nunca había tenido en brazos, Blake se esforzaba en contener su ira y en aprovechar la oportunidad de estudiar a la mujer de veintiocho años que había llevado a su hijo en el vientre.

Encantadora. Como un lago tranquilo oculto entre los árboles del bosque, así era su belleza. Su melena color castaño oscuro y su piel pálida le proporcionaban una belleza sencilla. Cuando Vicky y él la contrataron, a él le preocupaba que una ciudad tan grande e impersonal como Nueva York pudiera tragarse a una chica de una granja de Iowa y escupirla después. Pero había sido criada con amor y valores, de modo que Bella tenía una fuerza interior y una visión práctica del mundo.

Su expresión era ilegible al estrechar la manita de Drew. ¿Acaso no sentía nada? Había llevado al niño nueve meses, y por fuerza eso tenía que crear un lazo indestructible.¿Qué habría pasado? ¿Por qué después de prometerle que formaría parte de su familia cuando naciera el niño había desaparecido sin tan siquiera mirar atrás? Obviamente se había dejado engañar. Debía haberle mentido, y su único propósito era hacer caja. Pero él se había sentido tan deslumbrado por ella que se había convencido de que la conocía.

Tanta ira era irracional, pero partía de su propia niñez. Cuando tenía ocho años, su madre los abandonó para volver a la vida que tenía en París. Pero al menos con ella, incluso con Vicky, había habido signos de que la maternidad no era lo suyo. Con Bella, se había convencido de todo lo contrario.

–Es precioso –dijo, como si estuviera hablando del tiempo.– Tiene tus ojos.

–Y la voluntad de acero de su madre –declaró, refiriéndose a la determinación de su exmujer por seguir con su carrera de interpretación a toda costa.

Drew se inclinó hacia abajo, parloteando con insistencia. Lo que quería era que lo dejara en el suelo para poder explorar a sus anchas y llevarse a la boca cuanto encontrara a su paso. Con la esperanza de distraerlo, Blake sacó del bolsillo la llave de plástico que se había guardado antes.

–¿Tú crees? –preguntó Bella. Drew tiró las llaves al suelo y siguió insistiendo en que lo bajara–. Creo que la determinación es un rasgo que le viene por vía paterna.

–Eso no es malo –replicó–. Así es como consigo que los beneficios de Wilcox Investments crezcan exponencialmente.

–Por supuesto.

Verla sonreír y darse cuenta de lo mucho que la había echado de menos fue todo uno. Había añorado su naturaleza despreocupada y su optimismo. Su agudeza mental y su pragmatismo. Mientras que a su mujer todo lo relacionado con su negocio le parecía aburrido, a Bella le encantaba oírle contar historias y hacer preguntas cuando no entendía algo.

La había considerado una hermana pequeña, una amiga, y su inesperada marcha le había dejado un escozor inesperado. Antes del parto, solían hablar de que se mantendría en contacto con Drew, que iría a Nueva York a verlo.

Y es que, cuanto más se acercaba la fecha del parto, más preocupado se sentía por el deseo de Victoria de ser madre. Habían empezado a discutir por sus respectivas prioridades, y cuando el bebé nació, todo empeoró. No se comportaba como la madre de Drew; de hecho, apenas pasaba por su habitación, y se quejaba de que la presionaba demasiado, y sus discusiones, breves y acaloradas, pronto dieron paso a largos y densos silencios.

¿De verdad era sorprendente que hubiese acabado teniendo una aventura con el hijo del productor de su obra de teatro, Gregory Marshall?

El teléfono comenzó a sonar.

–Ten –le dijo a Bella, entregándole a Drew mientras sacaba el móvil del bolsillo. Era su asistente, y mientras hablaba con ella, estuvo observando las reacciones de Bella.

La vio quedarse muy quieta cuando el niño le puso las manitas en la boca. Casi parecía haber dejado de respirar. ¿Estaría sintiendo algo por fin? Ahora que Vicky los había dejado, no estaba dispuesto a que su hijo creciera sin conocer a la mujer que lo había llevado en su vientre.

–Tengo que volver a la oficina –le dijo a Bella, señalando la limusina–. ¿Te importaría ponerlo en su sillita?

–No, claro.

La vio avanzar hacia el coche con un paso ágil que llamó su atención. El peso del embarazo había desaparecido, y volvía a ser la criatura delgada y delicada que había conocido en la clínica de fertilidad.

Tras sonreír al conductor, colocó a Drew en su silla, pero manteniendo un pie en la acera. ¿Tendría la más remota idea de la imagen tan encantadora que presentaba? Blake se pasó la mano por el pelo. Estaba sintiendo un irrefrenable deseo de acercarse, sujetarla por las caderas y pegarse a sus deliciosas curvas.

–Blake… ¿qué quieres que le diga a Don? –oyó de pronto la pregunta de su asistente. No tenía ni idea de qué le hablaba.

–Ahora te llamo.

Tenía que conseguir aplacar el calor que le corría por las venas.

No había sentido atracción alguna hacia la joven madre de alquiler mientras estaba embarazada de Drew. Estaba casado, comprometido con su esposa, y no estaba en su naturaleza engañarla, ni mental ni físicamente.

Pero las promesas del matrimonio ya estaban rotas, y la atracción que acababa de asaltarle era una complicación inesperada.

–Ya está –dijo ella, sacando el cuerpo del coche.

–Gracias –contestó, agarrándose a la puerta para no apartarle un mechón de pelo con la mano–. Que cuides de él este verano será bueno para los dos.

–Yo no estoy segura de que sea buena idea, Blake.

Aunque seguía rechazando su oferta, había menos convicción en su voz.

–No solo es buena. Es maravillosa. Piénsatelo esta noche –dijo, dedicándole su más encantadora sonrisa–. ¿Sigues teniendo mi número?

Una especie de relámpago le brilló en la mirada. Tenía los ojos de un color azul muy claro que le habían encandilado desde el principio.

–Sí –contestó en voz baja.

–Bien. Si no me has llamado mañana a las nueve, tendré que volver a perseguirte.

–Está bien. Lo pensaré.

–Espléndido.

A pesar de que tenía que salir pitando si no quería llegar tarde a una reunión, se quedó mirando a Bella hasta que la vio entrar en St. Vincent's. Por primera vez desde que Vicky lo había abandonado, estaba preparado para que su vida volviera a avanzar. Volver a ver a Bella le había recordado lo satisfactoria que era su situación un año antes: estaba felizmente casado y esperando el nacimiento de su hijo. Pero luego Vicky se marchó, y él volvió a sentirse incompleto. Aquellos últimos meses había llegado a la conclusión de que lo que necesitaba para volver a sentirse entero era encontrar a la madre adecuada para Drew.

Y aquella mañana, la había encontrado.

Capítulo Dos

Todavía impresionada por el encuentro con Blake y Drew, Bella entró en el piso que compartía con Deidre y dejó la bolsa de la compra en la encimera de la cocina. Aquel pequeño apartamento de dos dormitorios estaba en el Upper West Side de Manhattan, relativamente cerca de Central Park.

–Ah, estabas ahí.

Deidre apareció en la puerta de su habitación. Traía la melena de rizos rubios alborotada. Llevaba chándal y se la veía sudorosa.

–Has tardado. Casi he terminado con la rutina de peso, así que si quieres, podemos irnos al parque y hacer algo de cardio.

–Me apetece correr.

De camino al supermercado se había dado un buen paseo por el parque, pero no había conseguido aclararse las ideas.

Cuando vivía con su familia, el único modo de tener algo de paz era desaparecer entre el maíz y tomar el camino de tierra que unía la granja con la carretera. En invierno la nieve enfangaba los caminos, lo que hacía más difícil escapar de sus hermanos, así que cuando nadie la veía, se metía en el granero y se escondía en el montón del heno.

–Estás muy callada –comentó Deidre, sacando una botella de agua de la nevera–. ¿Qué te pasa?

–Blake ha estado hoy en el colegio –dijo sin más. Aunque no le había contado todo lo que había acontecido durante el embarazo, a Bella le había gustado contar con la opinión de Deidre sobre la mezcla de sentimientos que Blake despertaba en ella.

–¿Blake? –su preocupación era evidente–. ¿Y qué tal ha ido?

–Mucho mejor de lo que cabría esperar, teniendo en cuenta lo enfadado que estaba conmigo.

–¿Qué quería?

–Quiere que sea la niñera de Drew este verano.

–¿Su niñera? Anda, que no tiene cara.

Bella dejó de sentirse tan angustiada. Era reconfortante contar en el apoyo de alguien, en lugar de tener que ser siempre quien prestase su apoyo a los demás.

–No tiene ni idea de lo duro que fue para mí separarme de Drew.

El apartamento desapareció ante sus ojos al perderse en el recuerdo de Drew. Bajo la suavidad de su piel, latía un niño fuerte como su padre. Al ponerle el cinturón en su sillita, su olor le había parecido el de sus hermanos cuando eran pequeños, pero al mismo tiempo, era diferente.

Aunque le había gustado ayudar a criar a sus hermanos, había perdido la niñez cambiando pañales, calmando rabietas, preparando comidas y ayudando en la casa.

Sabía que se parecía mucho a su madre. Era una

cuidadora. Ocuparse de los demás era casi una compulsión que le dejaba poco tiempo para ella misma, de manera que cuando llegó el último curso del instituto reconoció que el ardor que sentía en las tripas era resentimiento. Se sentía atrapada por las necesidades constantes de sus hermanos y comenzó a cuestionarse la decisión de sus padres de tener ocho hijos y a sentir todo su entorno como una prisión de la que tenía que escapar. Al llegar a la universidad encontró una libertad a la que no estaba dispuesta a renunciar a ningún precio.

–Es precioso –dijo, intentando sonreír–. Perfecto.

–¿Blake?

–Drew.

–¿Lo has visto?

–Lo he tenido en brazos –confesó, conteniendo las lágrimas.

Deidre movió la cabeza.

–¿Y cómo reaccionó Blake cuando le dijiste que no al trabajo?

–¿Qué crees tú?

–Pues que te presionó para que dijeras que sí.

–Es que no estaba dispuesto a aceptar un no por respuesta.

Bella y Deidre habían empezado compartiendo piso sin más, pero con el paso del tiempo se habían hecho buenas amigas.

–¿Ni siquiera cuando te imaginas esa maravillosa mansión en la playa? –insistió.

–Me conoces demasiado bien–, suspiró–. Admito que la perspectiva de un verano en los Hamptons es muy tentadora.

Deidre sacó de debajo de la cama las zapatillas de correr de Bella mientras ella se cambiaba.

–¿Qué vas a hacer entonces?

–Pues rechazarlo.

–Es lo que deberías hacer, pero ¿estás segura de que es lo que quieres?

–Le prometí a Lisa que la ayudaría con los eventos este verano.

–Y tú siempre mantienes tus promesas.

Aceptar el trabajo como niñera de Drew no sería, técnicamente, faltar a la promesa que le había hecho a la exmujer de Blake, dado que la razón por la que había accedido a desaparecer ya no existía, pero ese no había sido el único motivo. Había empezado a sentir cosas que iban en contra de lo que había decidido que quería para su vida, y ese conflicto la asustaba.

–Llamaré a Blake en cuanto volvamos de correr y le diré que no puedo ser la niñera de Drew.

–¿Por qué no ahora?

–Porque tengo que planear lo que le voy a decir porque, si no, me convencerá de lo contrario.

Cuando la limusina se detuvo frente a la casa de su hermanastra, Blake tomó al niño en brazos y se colgó del hombro la bolsa de los pañales. Era curioso lo mucho que ser padre le había domesticado.

–Llegas tarde –le anunció su hermana al verlo salir del ascensor, los brazos ya en alto para recibir a su sobrino–. Estaba preocupada.

–He tenido que hacer una parada.

Drew se agarró a la cadena de oro que llevaba su tía y la miró con ojos somnolientos.

–Llegas a tiempo de oír la noticia tan estupenda que tengo que darte: este verano, vamos a ser vecinos. ¿A que es genial? Ya no tendrás que preocuparte por lo de la niñera de Drew. Puedo ocuparme de él hasta que Talia esté recuperada.

–¿Has encontrado una casa de alquiler a estas alturas?

–Connie y Gideon van a divorciarse, y como no se ponen de acuerdo sobre quién tiene que quedarse con la casa de la playa, nos la han alquilado a Peter y a mí, así que vamos a vivir dos puertas más allá. Va a ser estupendo. Peter solo podrá venir los fines de semana, pero tengo pensado pasar todo el tiempo que pueda en la playa. ¿Qué te parece?

–Estupendo –contestó, aunque sin mucho entusiasmo. No le había contado sus planes para el verano porque estaba seguro de que no iba a parecerle bien–. Pero no vas a tener que cargar con Drew. He encontrado a una sustituta para su niñera.

–Oh.

Parecía desilusionada. Hacía dos meses que se había quedado embarazada, y su instinto maternal había irrumpido con fuerza.

–Yo que quería disfrutar de él… espero que la niñera venga de una agencia de confianza.

–No he usado agencia. Es Bella.

–¡No, Blake!

–Sabes que ha estado trabajando en St. Vincent's este año, ¿verdad?

Jeanne había sido quien le había conseguido el trabajo. Allí había estudiado su marido, y las donaciones que entregaban todos los años les conferían ciertos privilegios a la hora de pedir favores.

—Sí —admitió, con un suspiro exagerado.

—¿Por qué no me lo habías contado?

—Tú mismo me dijiste que no quería saber nada de Drew.

A Jeanne nunca le había gustado Bella, pero no le había explicado por qué.

—¿Cómo es que has recurrido a ella?

Pues porque no le había satisfecho por completo la explicación que le había dado de por qué quería cortar el contacto con ellos. Porque, por razones que no podía racionalizar, había algo sin terminar entre ellos dos.

—Eso no va a ocurrir.

—¿Ah, no?

—En primer lugar, creo que yo tendría algo que decir en cuanto a si me dejo enredar o no. En segundo —se apresuró a continuar—, Bella no está interesada en echarme el guante. Tú misma lo has dicho: cortó todo contacto con Drew, y me dijo que no quería ser madre, que ya había tenido suficiente con criar a sus hermanos, así que no tienes de qué preocuparte, que no me voy a enamorar de ella.

—Me alegro de oírtelo decir, pero ¿no se te ha ocurrido pensar que lo que necesita Drew es una madre, y no una sucesión de niñeras? Necesita una persona que lo quiera con todo su corazón.

—Yo también lo he pensado.

Vicky carecía casi por completo de instinto maternal. De hecho, antes de que naciera Drew, ya quería tener contratada a su niñera. Decía que no tenía el temperamento necesario para ser madre las veinticuatro horas del día. Ojalá la hubiera escuchado con más atención.

–Genial.

–¿Genial, por qué?

–Victoria ya no está con Gregory.

La expresión de su hermana le puso en alerta.

–¿Y no tendrá algo que ver con que hayan tenido que retirar la obra apenas dos semanas después de haberla estrenado?

–Eso no tiene nada que ver. Ella no ha dejado de quererte.

–Quiere más a su carrera.

Había sido un varapalo tremendo descubrir que su prioridad no era tener una familia, sino su vocación artística.

–Eso no es cierto –insistió Jeanne.

Aunque era de admirar la lealtad que su hermana mostraba con su mejor amiga, no estaba de humor para perdonar a su exmujer.

–Sé que quieres defenderla, pero estás perdiendo el tiempo. Su carrera es lo más importante para ella y siempre lo será.

–Es consciente de que cometió un error dejándoos.

–¿Un error? –empezaba a enfadarse–. Eligió su profesión por encima de su familia. ¡Eso es más que un error!

–No eres un hombre fácil de complacer, Blake –le reprendió, poniéndole una mano en el brazo–. Lo que pasó es que lo de ser madre la desbordó inesperadamente, e intentó refugiarse en algo que le era conocido y reconfortante, pero sabe que no eligió bien.

Mejor zanjar una discusión en la que no iban a ponerse de acuerdo.

—No eligió bien, pero lo hizo. Y yo también he elegido ya. Drew necesita una madre —sentenció, besándola en la mejilla.

—Y Vicky está dispuesta a serlo.

—No, no lo está, y yo voy a anteponer las necesidades de Drew a cualquier otra cosa.

—¿Qué significa eso?

—Que me casé la primera vez porque me había enamorado, y he dejado a mi hijo sin madre. Esta vez, lo voy a hacer de otra manera.

Capítulo Tres

Bella y Deidre salieron a correr en cuanto acabó de atarse las deportivas.

Mientras avanzaban, Bella respiró hondo y miró a su alrededor. El final de la primavera siempre había sido su época favorita en la granja. El cielo encapotado, el frío y la nieve daban paso a pastos verdes y vida nueva, un momento de dejar de hacer planes y pasar a la acción.

Y en Nueva York, era igual. En cuanto las yemas de los árboles empezaban a engordar, sentía una excitación especial que la empujaba a creer que podía conseguir lo que deseara, y ahora que el colegio ya había terminado, la sensación de no tener responsabilidades era liberadora.

–¿Alguna vez te has arrepentido? –quiso saber Deidre.

–¿De qué?

–De ser madre de alquiler. Sé que siempre habías dicho que no querías casarte y tener hijos, pero estar embarazada y entregar a tu bebé a otra persona es muy distinto.

–Sabía en lo que me metía –se había criado en una granja, y desde bien pequeña había aprendido a diferenciar entre una mascota y un animal de consumo.

Por mucho tiempo y energía que invirtiera en criar un ternero, siempre cabía la posibilidad de que acabara vendiéndose–. Además, no era solo mi bebé, sino el de Blake.

–Y Victoria.

–Ella los ha abandonado.

–¿Qué?

–Por eso necesita niñera este verano. Victoria decidió que no quería ser madre.

–¿Y qué vas a hacer?

–No lo sé.

–Un poco de aire marino puede que sea lo que necesitas.

–Quizás.

No estaba pensando en eso, sino en las noches que se había pasado sin dormir, resistiendo la tentación; sabiendo que Blake estaría dormido tranquilamente en la habitación principal, al otro lado del vestíbulo; manteniendo oculta su atracción porque era un hombre casado y esa era una línea que jamás iba a cruzar. Pero ahora que estaba soltero, ¿habría percibido él sus vibraciones sin que ella lo pretendiera? Sería humillante acabar despedida porque no hubiera sabido controlarse delante del jefe.

Volvieron caminando hasta casa, y cuando llegaron, decidió acabar cuanto antes, llamar a Blake y decirle que no aceptaba su ofrecimiento. Pero al mirar el móvil, vio que tenía una llamada de su hermana Kate. Le había dejado un mensaje que era una explosión de alegría porque había sido aceptada en un programa de salud global en Kenia. Se iba a graduar el año próximo como trabajadora social, y quería hacer un master en salud pública. Estaba muy orgullosa de que hubiera conseguido su objetivo, a pesar de todo el tiempo y la energía que la granja les robaba. Por ahora, solo ella y Jess lo estaban consiguiendo.

El teléfono sonó antes de que pudiera marcar el número de Kate.

–Hola, Bella.

Era Jess.

–¿Qué tal?

–He oído a Kate cuando te dejaba el mensaje y he pensado que deberías saber que seguramente no va a poder pagarse un semestre en el extranjero.

Jess tenía solo dieciocho años, pero era la más práctica de sus tres hermanas.

–¿Cómo que no? Pero si habían dicho que tenía una beca y dinero ahorrado.

–Parece ser que hay algunos costes con los que no había contado, y mamá y papá no han podido darle el dinero con el que contaba.

–¿Qué ha pasado?

–Se ha roto el tractor, en plena siembra.

No serviría de nada quejarse porque el dinero del tractor fuera el necesario para que Karen pudiera hacer realidad su sueño. Además, sus padres se habían sacrificado tanto para mantener la granja abierta y sacar adelante a su familia… la ropa se utilizaba hasta que estaba inservible, la comida era casera y sencilla, y el entretenimiento era el que se pudiera organizar en el salón, o en torno a una mesa.

–Sé que ella nunca te lo pediría –continuó Jess–,

pero ¿crees que podrías ayudarla? Yo le voy a prestar quinientos dólares —era el dinero reservado para sus gastos de manutención del año próximo—. Mamá le va a dar seiscientos, que los había ahorrado para la camioneta de Sean.

Aquel programa se ofrecía solo una vez al año y si no conseguía asistir, al año siguiente le sería imposible.

Estaba siendo una egoísta, centrándose solo en sí misma, aunque ya había enviado dinero para ayudar con los gastos de Paul y Jess, con las facturas médicas que acarreó la rotura de la pierna de Scott y la ortodoncia de Laney. Sus padres trabajaban muy duro, pero a veces pasaban apuros económicos, y ella se sentía obligada a contribuir, pero a veces lamentaba que siempre hubiera alguien necesitando algo.

—¿Cuánto le falta?

—Unos tres mil.

El corazón se le encogió, pero intentó que no se le notara en la voz.

—A ver qué puedo hacer.

—Eres la mejor. Te quiero, hermana.

—Y yo a ti —contestó, antes de tirar el teléfono sobre la cama.

—Ay, Dios —suspiró Deidre desde la puerta—. ¿Quién es esta vez?

—Kate y Jess. Kate se ha apuntado al programa en Kenia, pero no tiene suficiente dinero para asistir.

—Y quiere que la ayudes.

—Ella nunca me lo habría pedido.

—Pero lo ha hecho Jess.

Bella asintió. ¿Por qué negarlo? Deidre sabía lo mucho que ayudaba a su familia.

–Son solo tres mil.

–Es la cantidad que ibas a gastarte en nuestro viaje a las islas Vírgenes en Navidad.

–¿Cómo me voy a ir a pasármelo bien sin haber ayudado a Kate?

–Eso lo comprendo, pero ¿siempre tienes que ser tú la que deje de hacer lo que quiere hacer?

–Porque soy la mayor –suspiró–. Y porque puedo.

–Pues haz el favor de no martirizarte por desear decir que no. Siempre estás ahí cuando alguien te necesita, y no pasa nada si alguna vez no lo estás.

–Lo sé, pero es que…

Sabía que no iba a desilusionar a su hermana.

Deidre hizo un gesto de resignación.

–Eres demasiado responsable.

–Si fuera responsable, viviría más cerca de mi familia para poder estar ahí cuando Laney me necesitara con los deberes de matemáticas, o Ben quisiera practicar de portero.

Pero se había quedado en Nueva York porque allí podía pasar las horas sin sentirse angustiada por las exigencias sin fin de su numerosa familia.

–Tienes que dejar de sentirte culpable por vivir lejos de Iowa y por la libertad que tienes aquí. Fueron tus padres quienes decidieron tener ocho hijos, y son ellos quienes deben preocuparse por ellos.

–Preocuparse los unos por los otros es lo que hacen las familias.

Pero lo que decía y lo que sentía no se correspondía. En el fondo sentía una carga compuesta a partes iguales de culpa y resentimiento.

–Pero en algún momento vas a tener que centrarte en tu propia familia. ¿Qué pasará entonces?

Habían tenido aquella misma conversación muchas veces, pero Deidre no la escuchaba.

–Puede que me case algún día, pero ya sabes que no quiero tener hijos.

–Flaco favor te ha hecho tu familia –se lamentó–. Te obligaron a crecer demasiado deprisa.

–No fue culpa suya.

Pero no podía negar que la decisión de no tener hijos había sido provocada por la carga de responsabilidad que había tenido que soportar a una edad temprana. Por eso había creído que iba a ser capaz de gestar al niño de Blake y Victoria sin involucrarse emocionalmente.

–Estoy pensando –continuó–, que si cuido de Blake este verano, podría permitirme ayudar a mi hermana y tener suficiente dinero para nuestro viaje al Caribe.

–Pues yo pienso que es un gran error.

–Yo consigo el dinero y Blake, una niñera.

Deidre la miró ladeando la cabeza.

–Te olvidas que sé lo mucho que te costó decirle que no a Blake en lo de estar en contacto con Drew. Y sé por qué lo hiciste. Ahora que Blake se ha divorciado, la razón por la que accediste a mantenerte al margen de la vida del niño ya no existe.

Tenía razón, pero su acuerdo con Victoria no era la única razón que la mantenía alejada. Renunciar a

Drew había sido lo más duro que había hecho en su vida, y volver a estar junto a él no permitiría que ese dolor fuera amainando.

—Además —continuó Deidre—, está el pequeño detalle de que estabas colada por Blake.

—¿Colada? —repitió, intentando parecer indignada—. ¡De eso nada!

—Yo creo que sí. Imagínate esas noches de luna maravillosas de los Hamptons, perfectas para románticos paseos por la playa. Un bañito los dos solos, con o sin ropa… vas a acabar colgándote de él antes de una semana.

—¿Bañitos a la luz de la luna? ¿Paseos? ¡Qué dices! Estaré hecha unos zorros después de pasarme todo el día cuidando al niño, y Blake saldrá por ahí. Ahora que vuelve a estar soltero, seguro que le invitan a fiestas de continuo.

No estaba convenciendo a su amiga.

—Además, nunca ha habido nada entre nosotros.

—Pues claro que no. Estaba casado.

—Y enamorado de su mujer. Que yo sepa, aún seguirá estándolo, porque apenas hace dos meses que se han divorciado. Seguro que aún no está preparado para pasar página.

—Tú sigue diciéndote eso, y cuando Blake te sugiera que echéis una canita al aire, me llamas a la mañana siguiente para que pueda decirte te lo advertí.

Una deliciosa sensación de anticipación comenzó a saturarle las terminaciones nerviosas. El corazón se le había acelerado. Era ridículo imaginar que Blake pudiera estar interesado en ella.

–Eso no va a ocurrir.

–Podría, si pasas mucho tiempo con él.

–Drew estará siempre con nosotros. No va a pasar nada.

–Que haya un bebé en la casa no va a detener a un hombre como Blake Ford.

–Ese no es su estilo –replicó, al ver el gesto sugerente que hacía su amiga–. Su hijo y él van en el lote, y sabe que a mí no me interesa formar una familia. Encontrará a alguien que desee lo mismo que él.

–Creo que te engañas pensando que vas a poder ser feliz sin tener hijos y un hombre a tu lado que comparta contigo la responsabilidad.

Bella negó con la cabeza.

–Estoy segura d que mi madre pensó lo mismo cuando se casó con mi padre, pero ¿qué pasa cuando la responsabilidad es demasiada?

–Pues cásate con alguien que tenga dinero. Así dispondrás de personal que se ocupe de cuanto desees, incluidos tus hijos. Si te dejas liar, te vas a perder un verano fabuloso aquí. Un hermano de mi amigo trabaja en la entrada de ese nuevo club del que todo el mundo habla y le ha dicho que puede colarnos cuando queramos.

La desilusión también era intensa. Se había quedado en Nueva York para poder disfrutar de su juventud y no tener que ser responsable de nadie excepto de sí misma. El verano anterior estaba embarazada, y aquel estaba deseando que llegara para disfrutar de pasarse la noche bailando, de acostarse tarde, de leer en el parque. Ser la niñera de Drew iba a impedirle hacerlo.

Pero tendría luego una semana en el Caribe. Y tenía que ayudar a su hermana. Deidre era hija única, y no entendía que no pudiera mirar para otro lado cuando su familia necesitaba ayuda.

–Mira, si puedo ayudar a mi hermana e irme después a las islas Vírgenes, valdrá la pena haber sido niñera de Drew durante un par de meses.

–No quería que te sintieras mal –se disculpó Deidre con expresión contrita–. Tú sabrás lo que debes hacer. Anda, salgamos a dar una vuelta esta noche. Te presto mi vestido de Michelle Mason. Celebraremos el fin de curso y tres meses de libertad.

Blake dio las gracias al portero de su edificio y colgó el interfono. Eran las diez y media, un poco tarde para su hermana. Sonó el timbre, y cuando abrió, descubrió que no se trataba de Jeanne.

Pasando su peso de un afilado tacón a otro, Bella parecía una niña pillada en una travesura. Pero ni era una niña, ni la inocente muchacha de Iowa que había sido el verano anterior, sino una sofisticada mujer que parecía sentirse cómoda con un minivestido de un solo hombro que dejaba al descubierto kilómetros de piernas bien tonificadas y unos brazos delgados adornados con un buen número de brazaletes.

Parecía incapaz de mirarle a los ojos, así que no perdió la esperanza de que la mujer que un día fue su amiga estuviera allí, escondida tras la ropa de diseño. Había hecho algo con una sombra marrón para que sus ojos se vieran aún más grandes y más azules. Ni siquiera el rojo brillante que se había aplicado en los labios podía eclipsar su magnética belleza, pero el deseo de borrar aquel carmín perfecto con besos abrasadores le demostró que su reacción al verla aquella tarde no había sido imaginada.

No quería dejarse distraer por aquel deseo intenso aunque pasajero de llevársela a la cama. Tenía que centrarse en la relación que establecería con Drew. Tenía que enamorarse de tal modo de su hijo que no pudiera concebir la existencia sin él, y esa posibilidad se echaría a perder si cedía al deseo de dejarse llevar.

—Adelante —le dijo, intentando disimular su momentánea falta de control.

—No puedo estar mucho. He quedado con unos amigos.

Dio dos pasos y se detuvo a mirar a su alrededor. El silencio los acorraló en una extraña intimidad.

Un año antes habían sido amigos. Le parecía una de las personas más entrañables que había conocido. Encarnaba cuanto había imaginado en una madre: dulce pero firme, una cuidadora innata con un corazón de oro. Dedicada a su familia.

—¿Qué te trae por aquí?

—He venido para decirte cuál es mi decisión.

—Podrías haber llamado.

Suavizó el tono para quitarle hierro a las palabras. Conseguir que se fuese con él a los Hamptons aquel verano era crucial para sus planes, aunque en aquel momento no pudiera pensar como un padre preocupado por su hijo sin madre, sino como un hombre que sabía apreciar la belleza en una mujer.

–Tendría que haberlo hecho, pero ha surgido algo inesperado y me preguntaba si… –se mordió el labio inferior–, si podrías adelantarme tres mil dólares de mi salario.

La alegría que podría haber sentido por su respuesta quedó atemperada por la petición. Esperaba que conocer a Drew hubiera hecho irresistible su ofrecimiento pero, una vez más, solo pensaba en el dinero.

–Podemos arreglarlo.

Contuvo las ganas de preguntarle para qué lo necesitaba. Le había pagado treinta mil dólares por ser madre de alquiler. ¿Ya se lo había gastado todo? Si el dinero era su única motivación para ser niñera durante un par de meses, conseguir que su instinto maternal floreciera iba a ser un arduo trabajo.

–Gracias.

Parecía muy aliviada.

–¿No quieres saber cuánto voy a pagarte? –preguntó tras una pausa.

–Sé que serás justo.

–Diez mil.

–Muy justo –respondió, abriendo los ojos de par en par.

–Te los vas a ganar, no te preocupes.

Como si quisiera demostrar lo que acababa de decir, se oyó un llanto por el intercomunicador.

–¿Drew está despierto? –preguntó, mirando más allá.

–No. Hace una hora que lo acosté.

–¿Lo acuestas tú? –preguntó.

–Soy su padre.

–Ya, claro.

–¿No esperabas que me ocupase de mi hijo?

–No es eso.

–¿Entonces?

–Supongo que nunca te había imaginado haciendo tareas domésticas.

–¿Te parece que no estoy domesticado?

Sonrió levemente.

–No mucho.

–Pues lo estoy.

–Las cosas han cambiado mucho desde que nació Drew.

–Y esos cambios son los que nos han traído donde estamos ahora.

–Te refieres a ser padre soltero, ¿no?

–En parte –y antes de que pudiera hacerle más preguntas, le dijo–: Estoy pensando trasladarme a la casa de la playa el sábado. ¿Puedes estar preparada?

–Claro. Con meter pantalones cortos y camisetas, estaré lista.

–Y bañador. A Drew le encanta el agua.

–Como tu niñera está de baja, ¿quieres que me pase mañana a ayudar a la señora Gordon a preparar el equipaje de Drew?

No le sorprendió su oferta. Se había dado cuenta de que Bella era capaz de hacer casi cualquier cosa por ayudar a la gente.

–Seguro que te lo agradecería.

–Dile que estaré aquí hacia las diez.

Se había dado ya la vuelta cuando él le dijo:

–¿Quieres venir a verle a su habitación?

Su gesto les pilló a ambos por sorpresa.

–Si llego tarde, mis amigos se preocuparán…

–Entiendo –respondió, pero no se movió del vestíbulo–. Puedes escribirles y decirles dónde estás.

No quería dejarla marchar, por ilógico que fuera. No se había dado cuenta hasta aquella mañana de lo mucho que la había echado de menos: su compañía, el brillo de sus ojos, la facilidad con que le hacía sonreír.

Se había pasado aquellos últimos nueve meses enfadado con ella, pero ahora empezaba a recordar y con ello a darse cuenta de que con lo bien que se llevaban, pero con la innegable atracción sexual que palpitaba entre ellos, su plan no iba a ser tan sencillo como había pensado.

–Me están esperando –dijo, y dio un paso hacia la puerta, pero con la cabeza vuelta hacia el interior del piso–. Mejor que vayas a ver qué pasa.

Y salió antes de que pudiera impedírselo.

Ya no era tan accesible como antes, pero claro, tenía que reconocer que la conversación que tuvieron justo después del nacimiento de Drew no había sido precisamente agradable. Él le había recriminado con aspereza que no quisiera mantener contacto alguno con su hijo, algo que le había pillado de improviso, lo mismo que su explicación. De hecho, seguía sin creérsela del todo. Era tan radicalmente opuesta a todo lo que creía saber sobre ella… bueno, iba a tener dos meses sin interrupción para llegar al fondo de la cuestión.

Capítulo Cuatro

Poco había cambiado en la casa de los Hamptons desde que estuvo en ella el verano anterior. Pintada en un elegante gris perla con adornos en blanco, resultaba espaciosa y elegante por fuera, con unos hermosos ventanales que daban a los jardines. Bella estaba en el vestíbulo, mirando a su alrededor, contemplando el hermoso mobiliario blanco. Todo en aquella casa era impresionante. Incluido el dueño.

Blake estaba delante por el que se colaba una magnífica vista de la playa. Detrás de él, un retrato de su exmujer lo miraba desde encima de la chimenea.

No era la única imagen de la bella Victoria Ford que había en aquel salón, sola o en brazos de Blake, lo que resultaba un poco chocante.

–Le pediré a la señora Farnes que las quite –dijo. Parecía haber adivinado sus pensamientos–. En el dormitorio principal debe haber algunas más –cruzó el salón y le quitó al niño de los brazos para lanzarlo al aire. Los gritos de alegría de Drew ahogaron el latido del corazón de Bella viendo a padre e hijo juntos–. Haré que se las envíe a Victoria a Nueva York.

–Habrá que adaptar algunas cosas de la casa para el niño.

Drew chilló enfadado. Quería que lo dejara en el

suelo. El vuelo de helicóptero había durado cuarenta y cinco minutos, y el niño lo había hecho durmiendo, de modo que ya estaba lleno de energía.

—Dile a la señora Farnes lo que haya que hacer.

El niño gateó hasta el sofá y se puso de pie. Caminaba confiado si tenía dónde agarrarse. En un abrir y cerrar de ojos, se soltaría. Y a correr.

—¿Hola? —llamó una voz de mujer desde la entrada—. ¿Hay alguien en casa?

Mientras Blake iba a recibir a su hermana, Drew fue dando pasitos delante del sofá. Le habría gustado que Blake le hubiera dicho que su hermana iba a pasar con ellos el fin de semana, para prepararse para su frío desdén.

Con un movimiento rápido, atrapó la manita de Drew antes de que alcanzase un pesado cuenco de cristal que había en una esquina de la mesa.

—¿Dónde está mi sobrinito? —lo llamó Jeanne, entrando en el salón con su habitual elegancia. Llevaba un vestido de lino en color melocotón que llamaba la atención sobre su perfecta figura y los reflejos rojizos de su melena castaña. Una pulsera de diamantes le brilló en la muñeca al agacharse delante del niño con los brazos extendidos.

Bella retrocedió. Jeanne tenía la habilidad de hacer que se sintiera una empleada… necesaria cuando necesitaba algo, olvidada cuando no.

—Te va a encantar estar en los Hamptons —le dijo, achuchándolo a pesar de sus protestas—. Nos lo vamos a pasar de maravilla este verano.

Agobiada al saber que Jeanne iba a estar presente

de continuo, se volvió a Blake y le vio dar instruccio-
nes al hombre que los había recogido en el aeropuerto
sobre dónde tenía que llevar su equipaje. Había varias
bolsas de Drew y Blake, y de ella una única maleta,
que vio que subía a la primera planta.

–Espere –lo llamó–. Es la mía. Mi habitación está
en la casa de invitados de la piscina.

Blake la detuvo.

–Te alojarás en la casa principal. He pensado que
lo mejor será que duermas en la habitación que hay
frente a la de Drew.

Esperaba tener el mismo alojamiento que el verano anterior, y no le gustó nada la idea de tener que
dormir tan cerca de él.

–¿Por qué?

–Porque últimamente se despierta por las noches,
y cuesta que se vuelva a dormir. A lo mejor tú tienes
más suerte.

–Ya.

–¿Algún problema?

Estaba empezando a tener una sensación de ahogo.
Así era como le había pasado siempre con su familia:
accedía a algo muy sencillo, como a subir el bajo de
un vestido, y acababa cosiendo un vestido nuevo.

–Dijiste que podría tener las noches libres.

–¿Planeas pasar fuera toda la noche? –espetó.

–Claro que no –contestó. Preferiría pasarlas con
Drew y con él, pero eso no podía decírselo–. Es que
esperaba poder divertirme un poco este verano y me
gustó mucho la casa de la piscina.

–Y yo quiero que estés cerca del niño.

–Blake, deja que la chica se quede en la casa de la piscina si es lo que quiere –intervino Jeanne sin disimular su exasperación–. En realidad, no entiendo por qué está aquí. Yo puedo cuidar perfectamente de Drew.

Jeanne nunca la había despreciado de un modo tan descarado, y Bella se preguntó qué habría hecho para ganarse su enemistad.

Drew ganó por fin la batalla y su tía lo dejó en el suelo del recibidor, con lo que de inmediato se dirigió hacia la puerta que estaba abierta. Bella salió tras él. Sería más fácil sacarlo fuera que tenerlo allí dentro. Además era una buena excusa para escapar del enfrentamiento de los hermanos.

–Vas a estar demasiado ocupada saliendo a comer y de compras con tus amigas para poder ocuparte todo el tiempo de él. Bella se dedicará a él todo el día y con toda su atención.

Lo apartó de los rosales que flanqueaban la acera y le dirigió al césped, sin olvidarse de evitar que se metiera en los bellos parterres de flores. A salvo al fin, se dejó caer ella también en la hierba y comenzó a hacerle cosquillas en la tripa.

Su risa era tremendamente contagiosa, y se perdió en su carita y en su pelo suave, abrazándolo para dejarse grabado para siempre su olor. El bebé lo aguantó todo con buen humor y a su vez investigó su nariz y su boca con sus manitas gordezuelas.

El sol de final de la tarde proyectaba largas sombras y Bella supo que no iba a poder esconderse allí mucho rato más. La brisa del océano era cada vez más fresca, y se estaba preparando mentalmente para volver a entrar cuando oyó el sonido de una puerta al cerrarse y el motor de un coche que se ponía en marcha.

Blake no tardó en ir a sentarse a su lado.

–¿Se marcha Jeanne?

Blake tomó al niño en brazos.

–Se va a casa.

–¿A Nueva York?

–Peter y ella han alquilado una casa aquí.

–Entonces, ¿no se queda en la tuya?

No pudo evitar que el alivio se palpara en su voz.

–No. Y me da la sensación de que te alegras.

Bella arrancó una brizna de hierba.

–A tu hermana no le gusto.

–No es que no le gustes tú. Lo que no quiere es que pasemos el verano juntos –respondió viendo a su hijo perseguir una mariposa.

–¿Por qué?

–Cree que sientes algo por mí.

–¿Qué? –preguntó, entre sorprendida e incrédula–. Qué tontería.

Blake la miró.

–No sé. Parecía muy convencida. Dice que me mirabas de un modo particular el año pasado.

Bella fue a protestar, pero el brillo de su mirada la dejó muda. El frescor de la tarde quedó convertido en un sofocante calor de verano.

–Se lo ha inventado. Yo siempre he pensado en ti como en un amigo. Estabas casado.

–Ya no lo estoy –respondió, hundiendo las manos en su pelo.

Bella sintió un escalofrío.

–Pero… pero eso no significa que las cosas hayan cambiado.

–¿Ah, no?

Prendida de las profundidades de sus ojos medio azul, medio grises, se olvidó de respirar y la razón se le derritió como la nieve de la primavera al sol.

Le deseaba. A más no poder.

–Dime que nunca te has imaginado que nos besábamos.

–Nunca.

Blake la tiró suavemente de la nuca para acercarla.

–Repítelo, y esta vez, que me lo pueda creer.

–Yo no…

No la dejó terminar.

Quería que aquel beso pusiera punto final al deseo que sentía por ella. Bastaría con probarla una vez para quitársela de la cabeza.

No se esperaba que oírla gemir le incapacitara para pensar, o que el modo en que sus labios se entreabrieron le hiciera perder el control.

Sintió que su cuerpo perdía voluntad. Casi desde el principio, notó que se rendía. A pesar de sus protestas, se le ofrecía sin reservas.

Penetró en la humedad caliente de su boca, apurando la dulzura que contenía, y su ardiente respuesta evocó otro gemido, esta vez, suyo.

Aquello no era un experimento. No iba a terminar fácilmente. Poner punto final a aquel beso iba a costarle un esfuerzo aún mayor de lo que se había imaginado.

El calor del deseo le consumía.

Había sido un error, pero un error al que no estaba dispuesto a renunciar hasta que se asegurase de controlarlo para el resto del verano, o quizás más.

Un grito de Drew voló por el aire y cortó en seco el beso. Bella se puso de pie antes de que Drew pudiera tomar aire para un segundo grito. Maldiciendo cómo se le había acelerado el corazón, Blake corrió sobre la hierba hasta donde estaba su hijo, su carita distorsionada por el tormento.

Aquello no era un berrinche normal, así que Bella se arrodilló rápidamente junto a él y le palpó la carita y las manos, buscando el origen del dolor. Blake llegó junto a ellos justo cuando encontraba un punto rojo en el dorso de su mano.

—Le ha picado algo —dijo, al tiempo que lo tomaba en brazos.

—¿Estás segura?

Bella lo miró con severidad.

—Me he criado en una granja, y sé qué aspecto tiene una picadura. ¿Hay algún alérgico a las picaduras en tu familia?

—No —la ayudó a levantarse mientras pensaba en lo mucho que detestaba la inutilidad que se apoderaba de él cuando su hijo lloraba—. ¿Conoces los síntomas de una reacción alérgica?

—Respiración dificultosa. Inflamación.

—¿Alguien es alérgico en la tuya?

—No, pero tenía una alumna que siempre llevaba

una inyección preparada por si le picaba algo. Era mi primer año de profesora, y afortunadamente nuestra clase estaba cerca del patio, con lo que pudimos ponerle la epinefrina antes de que se le inflamase la tráquea.

Llegaron a la casa y se encontraron con la señora Farnes en la puerta.

–¿Qué ha pasado? –preguntó, angustiada.

–Le ha picado algo –contestó Bella, entrando.

–¿Avispa o abeja? –preguntó, sujetando la mano que el niño agitaba–. Se está hinchando un poco.

–No he visto aguijón, así que supongo que ha sido una avispa. ¿Podría poner un poco de vinagre en un cuenco?

–Claro.

La señora Farnes voló de vuelta a la cocina y Bella la siguió, secándole las lágrimas a Drew.

–¿Vinagre? –preguntó Blake, desconfiado.

–Es lo que usábamos en la granja. Su ácido neutraliza el veneno.

–¿Y si llamamos a un médico?

Bella besó a Drew en la frente y lo apretó contra sí.

–No tiene síntomas de que sea alérgico. Estará bien en cuanto se le pase el dolor.

El llanto del niño se había transformado en un hipido que sacudía su cuerpecito y que llenó de lágrimas los ojos de Bella. Blake los observaba. ¿Se estaría transformando Bella en madre en aquel momento?

–Ya está –dijo la señora Farnes. Había colocado el cuenco en la mesa y unos trapos–. He puesto también unos cubitos de hielo para que se le adormezca la zona. ¿Necesita algo más? Podría preparar una pasta de levadura.

–A mi madre nunca le funcionó –dijo, sentándose con el niño en el regazo. Hundió el paño en el agua y se lo aplicó a la mano.

Drew lloró con renovado entusiasmo mientras Blake se maravillaba por la cantidad de remedios caseros que parecían conocer aquellas dos mujeres. Se agachó junto a su hijo y le rozó la mejilla.

–Está caliente.

–No me extraña –contestó la señora Farnes, que había sacado una galleta de una lata y se la ofrecía al niño–. Tiene un berrinche tremendo. A ver si esto le entretiene.

El bebé se llevó la galleta a la boca y la chupó haciendo mucho ruido, lo que le distrajo del dolor de la mano. Blake sintió una renovada urgencia por encontrarle a Drew una madre que estuviera siempre a su lado y que lo protegiera con fiereza de los peligros del mundo. Que lo enseñara a respetar a las mujeres y a ser fuerte y delicado al mismo tiempo.

No iba a permitir que creciera con un agujero en el corazón y con la cabeza llena de preguntas sobre por qué su madre lo había abandonado.

–Creo que está funcionando –dijo Bella–. ¿Lo tienes tú mientras le preparo un biberón? –le preguntó a Blake, pero antes volvió a mojar el paño en el vinagre helado y se lo aplicó antes de entregarle al niño–. Se le va a pasar, ya lo verás.

Blake siguió con la mirada sus movimientos por la

47

cocina. Había manejado su preocupación por la pica-dura con la misma serenidad con que se había enfren-tado a su hijo. Por mucho que dijera no estar hecha para ser madre, le salía de dentro. Tenía la capacidad innata de hacer felices a los que la rodeaban.

Retiró el paño para ver la mano de su hijo. La pi-cadura había quedado reducida a una marca del diá-metro de una punta de lápiz.

–Está mejor –comentó ella, mirando por encima del hombro de Blake, con lo que su melena castaña le rozó la mejilla, llenándole con su olor a vainilla. Mientras ella contemplaba al niño, estudió su perfil.

Mejillas redondeadas y suaves, una boca de dibujo impecable y unos ojos azul pálido y mirada fresca, tan distintos a la sofisticación que emanaba de los de su mujer, todo ello combinado con una sonrisa que pasa-ba de incierta a brillante en décimas de segundo. En resumen: que le era imposible seguir adelante con su plan de olvidar el delicioso beso que acababan de compartir. ¿Hasta dónde habrían llegado de no haber-les interrumpido Drew?

–Aquí está el biberón –dijo, pero Blake negó con la cabeza.

–¿Por qué no se lo das tú? Yo tengo que llamar a Jeanne para decirle que no voy a la cena.

–Si es por Drew, no deberías cancelarla. Cuando se acabe el biberón, vamos a leer un poco, y si no tie-ne sueño, le preparé algo de cenar, un baño, y direc-to a la cama.

–Me dijiste que querías tener las noches libres, ¿recuerdas? –preguntó, los dos ya en el salón–. Además, no me apetece dejar a Drew después de lo que ha pasado.

Bella se acomodó en el sofá azul cielo y le puso el biberón en la boca al niño.

—No es nada, Blake. Solo una picadura. Está bien. No es necesario que te quedes.

—¿Estás intentando deshacerte de mí? —preguntó, sentándose a su lado. Estaban demasiado cerca, y el contacto con su pierna le resultó delicioso. Igual que el modo en que se mordía el labio.

—Claro que no.

—No te creo.

Intentó separarse un poco, pero no pudo. La tenía acorralada.

—No tiene nada que ver contigo. Lo que no quiero es que tu hermana piense que no te fías de si voy a cuidar a Drew como es debido.

—Entenderá que me quede porque si no me pasaré la noche preocupado.

—Me va a echar la culpa a mí por no vigilarle lo suficiente.

—Le diré que ha sido culpa mía. Que te había distraído.

—No deberías decirle eso. Pensará que estamos…

Las mejillas se le encendieron y Blake se sintió desconcertado. ¿Estaría fingiendo? El beso había dejado bien claro que se sentían atraídos el uno por el otro.

—¿Que estamos…?

—¿Por qué me has besado? —preguntó, sin apartar la mirada de Drew.

–Porque me ha apetecido.

–Lo complica todo.

Más de lo que ella se imaginaba.

–Las cosas ya están complicadas entre tú y yo.

–¿Cuál es la razón verdadera de que quisieras que viniese este verano? –le preguntó. Drew se había acabado el biberón y Bella se lo entregó a su padre–. Hay cientos de niñeras magníficas en Nueva York. Habrías podido elegir.

–Me gusta tu compañía, y pensé que te apetecería pasar un par de meses en la playa.

–¿Nada más? –insistió, mirándolo fijamente.

–¿Qué más podría haber?

–No llevamos aquí dos horas y ya me has besado –explicó. Tenía la respiración agitada–. ¿Esperas que me acueste contigo?

–Estoy considerando la posibilidad –admitió. En algún momento, durante el beso, había perdido el control. El efecto que surtía en él era inquietante.

–No hablas en serio.

–Por supuesto que sí.

–Pero nunca has dado muestras de estar interesado en mí.

Sus ojos azules se hicieron increíblemente grandes en su piel pálida.

–Como tú bien has dicho antes, estaba casado, pero ahora soy libre para dejarme llevar por la atracción que me inspire cualquier mujer.

–Ya, pero hay montones de mujeres más adecuadas para ti que yo.

–Puede que no esté buscando lo adecuado –la sujetó por la barbilla para que lo mirase–. A lo mejor lo único que me interesa es una mujer que gima cuando la beso.

–Es que me pillaste desprevenida.

–¿Y si te hubiera avisado antes, habría sido distinto?

–No puedes estar hablando en serio.

De no tener a Drew en los brazos, se acercaría para demostrarle hasta qué punto era fuerte la química que había entre ellos.

–¿Quieres que te demuestre hasta qué punto hablo en serio?

–¡No! –respondió, agitando la cabeza–. No juegues conmigo, Blake.

–Te aseguro que es lo último que pretendo –replicó. No quería seguir presionándola, así que se levantó–. Ya seguiremos hablando de esto. Ahora tengo que cambiarme si quiero llegar a tiempo a casa de Jeanne.

Bella se quedó contemplando cómo se alejaba mientras lo ocurrido con él le daba vueltas en la cabeza. ¿En qué lío se había metido? ¿Había cometido un error monumental yendo a los Hamptons? En cualquier caso ya no podía renunciar, porque le había enviado a su hermana los tres mil dólares. Como mínimo tenía que quedarse dos semanas, y tampoco podía dejarlos colgados. Estaba atrapada allí.

Drew se desperezó por completo y decidió llevarlo arriba. La última vez que estuvo allí, la habitación estaba en obras. Los animales de peluche que llenaban el alféizar de la ventana que daba al mar no estaban allí. No había cestas en el suelo con apilables y juegos. Ni libros usados en las estanterías.

Pero ahora aquel espacio parecía vivo, lleno de amor.

Dejó al niño junto a la cesta de los juguetes y comenzó a abrir el equipaje. Un camión de bomberos con su sirena le mantuvo entretenido lo que ella tardó en llenar un cajón. Luego gateó hasta la librería y comenzó a sacar un cuento tras otro, con lo que Bella dejó el equipaje para más tarde y se sentó junto a él en el suelo.

—¿Qué quieres que leamos primero?

—Le gusta mucho el de *Belly Button* —dijo Blake desde la puerta.

Buscó el libro e iba a darle las gracias cuando las palabras se le murieron en los labios al verlo vestido con pantalones caqui y polo blanco. Le recordó los días del verano anterior en que se sentaban en el porche y él le hablaba de su lugar favorito en las islas Vírgenes. Le había abierto los ojos a aventuras que ella nunca había podido imaginar mientras crecía en una pequeña granja de Iowa.

—Volveré a tiempo de acostarlo.

—No tengas prisa. Estamos bien —tomó al niño en el regazo y abrió el libro—. Que disfrutes de la cena.

—Gracias.

Respiró hondo cuando por fin lo vio marchar.

—Tu papá me tiene hecha un manojo de nervios —le confió al niño después de darle un beso en la cabeza—. ¿Has visto cómo me ha besado esta tarde?

Drew dio un manotazo impaciente al libro.

—Típico de los chicos —se rió Bella—. Cuando una mujer os habla de sentimientos, ya no os interesa.

Capítulo Cinco

Blake maldijo entre dientes al tomar el camino de entrada a la casa que su hermana y Peter habían alquilado. Tres coches estaban aparcados ya. Aquello no iba a ser una tranquila cena familiar, sino una trampa.

Las posibilidades eran interminables, teniendo en cuenta la vasta red social en la que su hermana se movía.

–Blake –Jeanne abrió la puerta antes de que hubiera podido tocar el timbre–. Cuánto me alegro de que hayas podido venir.

Tanta alegría resultaba sospechosa.

Peter le esperaba en la puerta del salón con una copa de cristal tallado en la que había servido un buen trago de whisky.

–Ya le dije yo que no era buena idea.

Blake sentía vibrar la rabia en su interior.

–Jeanne, ¿qué está pasando?

Quería a su hermanastra, pero a veces no sabía dónde poner punto final a sus maquinaciones.

–Mira quién ha podido escaparse de Nueva York y venir a pasar el fin de semana.

Jeanne le tiró del brazo para hacerle entrar, y allí estaba su exmujer, la cara era una máscara perfecta de alegría, pero le brillaba en los ojos un desafío.

—Maldita sea, Jeanne... —comenzó, pero no terminó la frase al notar cómo su hermana le apretaba la mano.

—No te enfades. Vosotros dos sois las personas que más me gustáis en el mundo –su marido hizo un ruidito de disgusto, pero ella no le hizo el menor caso–. No puedo permitir que os neguéis a estar siquiera en la misma habitación. Tiene que haber armonía en esta casa cuando venga el bebé –en sus delicadas facciones había la determinación que los dos conocían bien–. Lo digo en serio.

Blake tomó un buen trago de su copa y disfrutó de su quemazón antes de hablar.

—Entonces, no pretendías hacerme la cama, ¿no?

—¿Es que siempre tienes que desconfiar de todo el mundo?

—No de todo el mundo. Solo de ti.

Jeanne se encogió de hombros y lo empujó hacia Vicky.

—Anda, sé agradable mientras le pido a Peter que te ponga otra copa.

La tensión le marcaba las facciones a su exmujer. Estaba increíble con aquel vestido negro y ceñido que le marcaba la figura, dejando al descubierto una buena cantidad de escote. Resultaba obvio que había invertido una buena cantidad de tiempo en peluquería y maquillaje. Si se había tomado tantas molestias por él, se iba a llevar una buena desilusión.

—No necesito preguntarte cómo estás. Se te ve de maravilla –dijo ella.

—La paternidad me ha sentado bien.

–Lo sé.

La conversación se interrumpió cuando Peter se acercó a entregarle otra copa, momento que Vicky aprovechó para cambiar de tema y pasar a los cotilleos más recientes sobre sus conocidos. No le preguntó por Drew.

–He oído que tu obra ha dejado de representarse –le dijo–. Siento que no haya ido bien.

Ella se encogió de hombros.

–Ya habrá otras.

Había ansiedad en su expresión.

–A mí me pareció que lo hacías muy bien.

–¿Me has visto?

–Claro. Ya sabes que siempre he sido tu fan número uno.

–Yo pensaba…

–¿Qué? ¿Que te odio? Queríamos cosas distintas: tú, una carrera; yo, una familia. No me gustó el modo que escogiste de poner punto final a nuestro matrimonio, pero me han dicho que es difícil decirme que no.

–Eres muy razonable –contestó ella, dubitativa.

–Ya te he dicho que la paternidad me sienta bien.

–Eso parece.

–Drew está para comérselo. Pásate por casa si quieres verlo.

Sabía que no iba a hacerlo. Por eso se lo había ofrecido.

–Lo haré. La semana que viene me voy a Los Ángeles. A lo mejor podíamos comer en el Saw Grass Grill antes de que me vaya.

El restaurante en el que se habían puesto de acuerdo en que iban a tener un hijo. ¿habría sido sincera, o habría accedido solo para conservar su matrimonio?

Se ahorró tener que darle una respuesta, porque el ama de llaves llegó al salón para anunciar que la cena estaba lista.

Bella contemplaba a Drew dormido, incapaz de obedecer a la parte más lógica de su cerebro que le decía que se llevara el interfono y saliera de allí cuanto antes. No podía olvidarse de que Drew era un trabajo. Ella era su niñera, y nada más. El dolor que sentía en el pecho desaparecería cuando asumiera que Drew era de Blake y solo suyo. No tenía por qué dolerle haberse perdido sus primeras veces de tantas cosas, y de las que estarían por venir.

Maldito Blake… todo era por su culpa. Primero buscándola y luego ofreciéndole los medios económicos para ayudar a su hermana y para que luego no se sintiera culpable gastándose una buena suma en el viaje al Caribe.

Se agachó y acarició suavemente la mejilla del bebé. Aquella tarde le había picado una avispa y no había sido capaz de mantener la distancia de su dolor, igual que hacía cuando le ocurría a sus hermanos. Era como si, a pesar de haber estado separados nueve meses, Drew y ella compartiesen aún un lazo que los uniera. Siempre sería suyo, aunque les separaran miles de kilómetros.

El teléfono sonó, y rápidamente salió de la habitación, cerrando la puerta. Era Deidre.

–Te echamos de menos –le dijo su amiga nada más descolgar. Se oía música de fondo y voces.

–Yo también a ti.

–¿Qué tal te va?

–Pues… regular.

–¿Regular, por qué?

–Tenías razón en cuanto a Blake.

–¿Qué quieres decir?

–Que me ha besado.

Hubo un silencio después de su declaración.

–¿Me has oído? –preguntó. Me vendría de miedo un consejo razonable.

–Claro. Estoy intentando decidir cómo responderte. ¿Yupi?

–Yupi, no. ¡Alucinante!

Deidre se echó a reír.

–Alucinante. Vale. Trabaja rápido el tío, ¿eh? ¿Y qué clase de beso ha sido?

–¿A qué te refieres?

–Pues que si ha sido un beso entre amigos. Hay gente que se besa en la boca para decir hola o adiós. ¿Ha sido esa clase de beso?

Bella agradeció la forma tan pragmática que estaba teniendo su amiga de analizar la situación.

–No, no ha sido un beso de amigo.

–Vale. ¿Has sentido que el mundo se te ponía patas arriba?

La pregunta le hizo reír.

–Para eso basta con que entre en la habitación.

–Estás peor de lo que me imaginaba.

–Mucho peor –confirmó, apoyando la frente en las

rodillas–. No hago más que decirme que ha sido una excepción que no volverá a ocurrir.

–¿Y has conseguido convencerte?

–No –se sinceró–. ¿Qué hago?

–No deberías preguntármelo a mí, porque yo me lo llevaría a la cama sin pestañear. Es un tío guapo y sexy, y no tiene nada de malo que dos personas solteras disfruten de su mutua compañía. Pero esa soy yo. ¿Y tú? ¿Qué quieres hacer?

Bella nunca había podido cultivar la actitud desenfadada de Bella hacia el sexo. Aunque le gustaría ser una mujer sofisticada que se comiera a bocados la Gran Manzana, en el fondo seguía siendo una chica que había crecido en una granja en Iowa. No quería casarse y fundar una familia, pero se sentía también incapaz de meterse en la cama con alguien si tenía muy claro que no había futuro.

–Lo que quiero hacer va contra mi naturaleza.

–Bella, llevas demasiado tiempo colgada de ese tío. Ofrécele un par de meses de sexo sin complicaciones y quítatelo de la cabeza –oyó unas voces que llamaban a Deidre–. Tengo que irme. Llámame mañana y hablamos.

–Vale. Diviértete.

Sin la alegre voz de Deidre en el oído, su ansiedad volvió a afilarse como una espada. Era una locura pensar lo que podía ocurrir con Blake. Ya había decidido que no quería que el beso de aquella tarde se repitiera. Sería más fácil así.

El intercomunicador recogió un breve sollozo de Drew. ¿Le estaría saliendo algún diente? Sus hermanos pequeños se habían pasado meses seguidos sin dormir por los dientes.

El pequeño dejó de llorar antes de que le hubiera dado tiempo siquiera de levantarse. Pendiente del menor ruido como estaba, oyó pisadas en el piso de abajo. Blake había vuelto antes de lo que ella se esperaba. Y parecía venir canturreando. ¿Qué le habría puesto tan de buen humor?

–¿Qué tal tu cena? –le preguntó cuando le vio llegar al descansillo.

Sus ojos se iluminaron al verla sentada en el escalón.

–¿Me estabas esperando levantada?

–No. He estado charlando con mi amiga por teléfono. Estaba como loca por contarme lo bien que se lo estaba pasando en un club nuevo.

Blake se sentó a su lado y su rodilla le rozó sin querer. Aquel contacto casual fue como una descarga. Apartarse traicionaría su agitación. Estarse quieta fue una dura prueba.

–¿Te gustaría estar allí? –preguntó, con una sonrisa perezosa.

–En parte.

Intentó no mirarle, pero la penumbra en que estaba sumida la escalera ofrecía poca distracción. Ella estaba tensa, y él parecía completamente relajado a su lado. Había apoyado los codos en el escalón superior y tenía los dedos entrelazados.

Era fuerte, masculino, sereno en cualquier situación, y podía imaginárselo en cien fantasías sin sobrecargar su imaginación. Deidre tenía razón. Llevaba colgada demasiado tiempo, pero ¿una aventura sería el mejor modo de quitárselo de la cabeza?

–Mañana me quedo yo con Drew, y sales tú.

–¿Yo sola? O sea… lo que quiero decir es que no conozco a nadie aquí –se apresuró a decir, al ver su sonrisa irónica–. No sé si quiero ir sola a un bar.

–Puedo pedirle a Jeanne que cuide a Drew y salgo contigo.

El pulso se le aceleró y se imaginó a sí misma en un bar con él, una copa de vino en la mano para relajarse, la música calentándole la sangre. ¿Cuánto tiempo tardaría en llevárselo a la pista de baile a dar rienda suelta al hambre que despertaba en ella?

–Te lo agradezco, pero no creo que sea buena idea que salgamos juntos.

–¿Por alguna razón en concreto? –quiso saber, mirándola con los ojos entornados.

–Es que… he estado pensando…

–¿En qué?

–En lo que ha pasado entre nosotros hoy.

Le dedicó una sonrisa depredadora.

–Yo también he estado pensando en eso.

–Entonces, estarás de acuerdo en que ha sido un error.

–No puedo decir lo mismo.

Aquello no iba como ella pretendía.

–Soy la niñera de tu hijo.

–Si lo que te preocupa es que podamos sentirnos incómodos, no pretendo que eso ocurra.

–Bien. Creo que lo mejor es que no vuelva a pasar.

–Ojalá pudiera prometértelo –suspiró–. Hace unas

horas, a lo mejor te habría dicho que sí, pero ahora sé que no voy a poder.

–¿Por qué no? –le preguntó con la voz un poco desentonada.

–Porque no me resulta nada fácil estar a tu lado y no tocarte.

Capítulo Seis

La escalera no era el sitio ideal para poner en marcha una seducción, pero no estaba dispuesto a correr el riesgo de que Bella se le escapase a la seguridad de su alcoba. Su resistencia le hacía gracia. Era como si toda aquella palabrería estuviera destinada a convencerse a sí misma de que no debía tener nada con él.

Con la mano puesta en su cuello, llevó los labios al hueco de la clavícula. El contacto la hizo estremecerse. Tenía la piel suave como la seda, y respiró hondo para empaparse de su olor. Vainilla y jazmín. Fragancias sencillas para una mujer sin complicaciones.

–Blake… –susurró su nombre.

–¿Sí, Bella? –respondió, ascendiendo por su cuello. Un suspiro le hizo sonreír.

–No deberíamos hacer esto.

–¿Me estás pidiendo que pare? –le preguntó, pero en lugar de esperar a que respondiera, fue deslizando las manos desde el cuello hasta los hombros, atrayéndola hacia sí. La deseaba, y mucho–. Dilo, y te dejaré tranquila.

Le mordió suavemente en la base del cuello y una palabra entrecortada salió de sus labios, pero no fue para pedirle que parara. No ofrecía ninguna resistencia.

–Vámonos –dijo impaciente, y la tomó en brazos.

–¿Adónde?

–Voy a hacerte el amor, Bella.

Ella lo miró con los ojos muy abiertos.

–No quiero eso.

La dejó de pie en la puerta de su alcoba, pero no se atrevió a soltarla.

–Haremos lo que tú quieras.

–¿Pararás cuando te lo pida?

–Cuando tú digas.

Y agarrándola de la barbilla para que alzase la cara, la besó en los labios con suavidad, decidido a tranquilizarla. La tensión se suavizó un poco, así que con una mano en su espalda, la acercó.

La respiración se le aceleró cuando quedaron pegados por la cadera, y le costó un triunfo contenerse al notar que deslizaba las manos bajo su chaqueta y que subía una escala su beso, entreabriendo los labios y rozándole los dientes con la lengua.

Introdujo una pierna entre las suyas y la hizo apoyarse contra el marco de la puerta y los dos cayeron en un ritmo lánguido de lenguas que se movían dentro y fuera. Rápidamente estaba perdiendo la fe en su capacidad de detenerse si acababa pidiéndoselo.

–¿Quieres que pare?

El modesto escote de la camiseta que llevaba se había abierto un poco al levantarla y su sujetador color carne se asomaba tímidamente. Tan práctica. Nada seductor, y sin embargo, no podía esperar a verlo.

–Creo que deberíamos dejarlo –contestó, empujándolo suavemente.

Blake respiró hondo y dio un paso atrás.

–Como quieras.

–Esa es la cuestión: que querer, no quiero. Quiero seguir. Quiero estar desnuda contigo en esa cama de ahí –dijo, señalando dentro del dormitorio–. Pero creo que sería un gran error.

Blake aún tenía la respiración alterada. Con los ojos brillantes, los labios húmedos de sus besos, estaba espectacular. Y valía la pena esperar.

Le tomó las manos y le depositó un beso en las palmas.

–Es tarde. ¿Nos retiramos ya?

–¿Has cambiado de opinión? –parecía desilusionada–. ¿Así, sin más?

–Tú me has dicho que parara.

–No he dicho que pararas. Solo que sería un gran error.

–¿Y eso no quiere decir que pare? Eres exasperante.

Antes de que pudiera saber qué iba a hacer, la vio quitarse la camiseta y lanzarse hacia él.

La abrazó con fuerza. Era seda y fuego al mismo tiempo. Con un gemido volvió a su boca y la encontró esperándole. Las dudas quedaron perdidas en el calor de su respuesta.

Ir despacio, saborear su rendición, iba a ser muy difícil. Esperó que surgieran de nuevo esas dudas, pero no ocurrió. Era una sirena pidiéndole que se olvidara de la realidad y la siguiera al fin del mundo.

Con el pecho agitado, se quitó el polo mientras ella lo miraba fascinada. Se encogió cuando le rozó el pecho con las manos.

–¿Te duele?

–Tu contacto tiene un efecto increíble en mí.

–¿Ah, sí? –trazó sus músculos pectorales, fascinada por cada curva–. ¿Y eso es bueno o malo?

–Muy bueno –aunque se moría por explorarla con las manos, las mantuvo agarradas a sus caderas. Tendría toda la noche para descubrir su cuerpo–. Me gusta que me toques.

Su sonrisa floreció y murió.

–Eres tan guapo como me imaginaba.

–Me toca –dijo él, guiándola hasta la cama para recorrer con los labios su cuello y el pecho hasta llegar al sujetador–. Eres perfecta.

Se retorció al sentir que su boca le succionaba un pezón por encima del tejido del sujetador.

–Me gusta –ronroneó, y rápidamente se lo desabrochó y lo lanzó al suelo–. Pero ahora será aún mejor.

Con un gemido, Blake se llevó a la boca uno de sus pezones, endurecido ya, lo lamió y lo succionó hasta que la sintió arqueándose sobre el colchón, agarrada a su pelo. Nunca había estado con una mujer tan sensible, y sintió un apetito irrefrenable de más. Tardó un segundo en bajarle la cremallera de los pantalones, y aunque le temblaban las manos, se los bajó con un solo movimiento, dejándola desnuda excepto por las braguitas.

Era un momento del que valía la pena disfrutar, y él conocía el valor de los pequeños instantes. Primero con la mirada y después con las manos, fue aprendiéndose el arco de su pie, la firmeza de sus pantorrillas, la longitud de sus muslos, la redondez de sus caderas y la tersura de su abdomen. Fue palpando todas sus costillas, alargando el suspense hasta alcanzar sus pechos, pero sin cubrirlos.

Fue ella quien le agarró las manos y las puso sobre sus senos. Había sufrido cuanto podía aguantar, y se inclinó sobre ella para besarla con puro fuego.

Bella nunca había sentido algo parecido a las manos de Blake. Estaba prestando atención a cada centímetro de su piel, como si quisiera conocerlo todo, no solo lo mejor, y le hizo sentirse adorada, un sentimiento que experimentaba por primera vez.

Cuando le vio abandonar su boca esperó que volviera a sus pechos, pero los pasó de largo tras trazar un círculo de humedad alrededor de sus pezones antes de continuar hacia abajo. Cuando llegó a las caderas, ella ya estaba medio loca de deseo.

Tenía las piernas abiertas hacía siglos, y entre ellas palpitaba de necesidad. Quería sentirlo dentro. La necesidad crecía a cada contacto de sus labios y de su lengua, pero cuando le hizo abrirlas de par en par fue cuando se dio cuenta de lo que pretendía.

–Blake…

Él alzó la cara y sus miradas se encontraron.

–¿Quieres que pare? –la desafió, dejando que sus labios rozasen su clítoris.

¿Parar? ¿Había perdido la cabeza? Pero si se sentía así teniendo en medio la tela de sus bragas, ¿cómo sería cuando se las hubiera quitado?

–Es que…

No pudo seguir porque él deslizó la lengua por el

elástico. Sintió que bajaba las manos por sus muslos para colocarla apoyando las plantas de los pies en el colchón. Cada movimiento hacía crecer la conmoción que tenía dentro. Tuvo que agarrarse a la sábana. Nunca la habían besado entre las piernas.

–Iré despacio –le dijo, mirándola–. Tú me dirás cuándo parar.

¿Parar? Lo único que podía hacer era esperar, conteniendo el aliento, sintiendo el de él al otro lado del tejido. Cuando sintió su lengua por primera vez, un gemido ahogado se le escapó de la garganta, y quedó perdida cuando comenzó a lamerla. Las caderas se le movían casi fuera de control, y una risa salvaje la sacudió.

–¿Paro?

Hubiera podido echarse a llorar de deseo.

–Ni se te ocurra.

–¿Más?

–Sí.

–Sería más fácil si te quito esto –dijo, tirando de las braguitas.

–Hazlo –contestó, levantando las caderas.

Y las bajó, endemoniadamente despacio. Sintió el aire fresco entre las piernas y cerró los ojos.

–Voy a besarte ahora –anunció, pero no lo hizo de inmediato. El corazón de Bella latía febril mientras esperaba–. ¿Quieres verlo?

Abrió los ojos. Él la estaba esperando. Quería que viera lo que iba a hacer. Bella se estremeció al ver la intensidad de su mirada, pero no pudo apartar la vista cuando comenzó a lamerla.

Volvió a gemir. La mirada de Blake la electrizaba. Su beso abrasaba. Cada círculo húmedo de su lengua hacía crecer la espiral que sentía dentro. El mundo se encogió ante la avalancha de sensaciones que le creaba la boca de Blake y el rápido ascenso al clímax. Gemía, y su respiración era un jadeo errático y superficial.

–Déjate ir –la animó–. Dámelo.

Y sintió que deslizaba los dedos en su vagina. La penetración le desencadenó un orgasmo y la espalda se le curvó con una explosión de fuegos artificiales que se desintegraron en millones de ascuas antes de caer a la tierra en una cascada de luz.

Los gemidos de Bella fueron la música más dulce que Blake había oído en su vida. Seguía temblando en los coletazos de su orgasmo y la vio abrir los ojos y mirarle. Había tanta intensidad en aquella mirada azul que sintió que el corazón se le detenía.

–Ha sido increíble.

Fue trazando con besos el camino de vuelta a su boca.

–Hay más.

Bella le pasó un dedo por el labio inferior antes de contestar.

–Me alegro.

Con movimiento rápidos, se deshizo de los calzoncillos y se colocó un preservativo, y ella lo recibió de nuevo en la cama con los brazos abiertos. Hasta aquel segundo su cuerpo había quedado saciado y desmayado, pero en cuanto se colocó entra sus piernas y volvió a succionarle uno de los pezones, volvió a incendiarse.

Antes de que pudiera preguntarle si quería parar, habló ella:

–Basta de preliminares. Necesito tenerte dentro.

Y alzó las caderas empujando su erección, y Blake la penetró con cuidado. Estaba tan mojada que se acomodó a su cuerpo como una segunda piel, y comenzó a moverse a un ritmo que ella imitó como si ya hubieran hecho el amor mil veces.

La facilidad con que se complementaban le pilló por sorpresa. Conocía a Bella, y al mismo tiempo, no la conocía. Quedaba tanto por descubrir de ella. Había tantas preguntas aún sin respuesta…

–Blake –murmuró, y se agarró a él con tal fuerza que supo que otro orgasmo estaba a punto de llegar.

Había intentado distraerse para prolongar el encuentro, pero cuando sintió las uñas que se le clavaban en la espalda y que sus gemidos se hacían más frenéticos, perdió el control y la penetró con fuerza, al tiempo que deslizaba una mano entre sus cuerpos para acariciar el nudo de nervios que la catapultaría a otro orgasmo.

Y al sentir su contracción, se dejó llevar a su propio orgasmo. Con un movimiento final, ocultó la cara en su cuello y se lo dio todo. Los brazos ya no le sujetaban, y se dejó caer sobre ella.

–Esto sí que ha sido increíble –dijo cuando tuvo aliento para hablar.

Bella iba a responder, pero antes de que lo hiciera,

el llanto del niño les llegó de la otra habitación. Blake cerró los ojos e intentó decirle mentalmente a su hijo que volviera a dormirse, sin ningún éxito, por supuesto, porque otro grito, más largo que el primero, llegó de nuevo desde su habitación.

–Voy a ver –dijo, apoyando la frente en su hombro.

–Voy yo –contestó ella.

Pero Blake ya estaba de pie.

–Ya he pasado más veces por esto con él, y me será más fácil hacer que se duerma –la tapó con la sábana y la besó en la mejilla–. Duerme.

Con movimientos torpes, se vistió. Abandonar el lecho le daría tiempo suficiente para reorganizar sus defensas. De todos modos, lo que él necesitaba era una madre para Drew, aunque no le había hecho el amor pensando en lo que era mejor para su hijo, y sabía que a ella no le interesaba el puesto.

¿Por qué entonces había sentido el impulso de convencerla para que pasara parte del verano con ellos dos? ¿Confiaba en que su instinto maternal se despertase si pasaba tiempo con Drew?

Entró en la habitación y tomó al niño en brazos. El llanto aflojó. Miró a Drew a los ojos y sintió una ola de paz envolverle. Quería darle el mundo entero a su hijo, pero por el momento lo que más necesitaba era una madre que lo quisiera con todo su corazón.

Precisamente por eso había sido un error hacerle el amor a Bella. Liarse con una mujer que no quería ser madre no era buena idea. Pero se había sentido tan bien con ella… ¿qué demonios iba a hacer?

Capítulo Siete

Abandonada en la enorme cama de Blake, Bella se abrazó a una almohada y se hizo una bola. En cuanto le vio salir de la alcoba, la sensación de que aquel era su sitio se desvaneció. Ahora había dejado su huella en territorio prohibido, un territorio que aún pertenecía a su exmujer. ¿Era eso lo que quería?

Nada podía haberla preparado para la explosiva sensación de la boca de Blake en su cuerpo. Para las cosas que le había hecho. Nadie la había besado así antes, ni había logrado que su cuerpo se volviera loco de ese modo. Decir que su experiencia era desigual sería un eufemismo absurdo. Cuánto tenía que aprender. Un hombre tan sofisticado como Blake esperaría que su amante estuviera a su mismo nivel en habilidad y sabiduría.

Aunque había cerrado la puerta, se oía el llanto ininterrumpido de Drew. El instinto de ir a su lado la asaltó. Era su bebé y consolarlo, su trabajo. Su responsabilidad.

Pero en realidad, no lo era. Drew era hijo de Blake, y en cierto modo, de Victoria, mientras que ella había sido simplemente una incubadora bien pagada.

Pero su llanto la estaba traspasando. Por mucho que intentase ser razonable, la necesidad de acunarlo hasta que se le secaran las lágrimas era más fuerte que la de no tener responsabilidades. La guerra entre su mente y sus emociones estaba dejando su confianza hecha jirones. Las dudas crecían día a día.

Apartó la ropa de la cama. Se vistió y, de puntillas, se acercó a la habitación de Drew. Blake parecía estarle contando un cuento en voz baja. No quería estropear la calma que había logrado, así que decidió bajar al primer piso, atravesó el salón y descalza como iba para no hacer ruido, se echó una manta por los hombros y salió al porche.

Unas tumbonas de madera blanca con cojines azul cobalto estaban dispuestas aquí y allá, pero el sonido de las olas la empujó a cruzar el césped y los arbustos que cerraban el perfil del jardín para llegar a la arena de la playa.

Ya el verano anterior el mar la había enamorado, desde los pájaros que recorrían la playa, pasando por los cientos de objetos que arrojaban a la arena las mareas, hasta el pulso propio del océano. Allí plantada, con los pies hundidos en la arena, había dejado que aquellas imágenes, sonidos y olores la llenasen de paz.

Se acercaba la fecha del parto y las dudas no le daban tregua. ¿Estaría haciendo lo mejor para sí misma y para su hijo? Poco después, tras observar a Blake y Victoria y su deseo de ser padres, se convenció de que su hijo iba a criarse en una familia que lo querría y que le proporcionaría cuanto pudiera necesitar. Ya en paz con su decisión, había dado a luz y se había marchado del hospital convencida de que no volvería a verlo.

Y sin embargo, allí estaba nueve meses después, cuidando de él una vez más, fingiendo no estar experimentando el conflicto que le ardía dentro, una vez más intentando encajar lo que su corazón deseaba y lo que creía que le haría feliz. No quería la responsabilidad que suponía tener un hijo, y tampoco quería ser un espectador de la vida de Drew. Pronto Blake superaría la desconfianza que le había dejado la traición de Victoria y volvería a casarse. A lo mejor, dentro de unos años, se olvidaba de Blake y de su hijo.

Una risa amarga le subió por la garganta, pero la brisa del océano mezcló la humedad de sus lágrimas con la de las aguas. Apenas habían pasado tres días, y ya tenía recuerdos que la perseguirían hasta el final de sus días.

Al igual que el dormitorio principal, la habitación de Drew daba a la parte trasera de la casa, y Blake estaba de pie ante el ventanal, con una mano en la cuna de su hijo, viendo como Bella volvía de la playa. Hacer el amor con ella había sido espectacular. Su inocencia, refrescante. Su entusiasmo, adictivo. Las emociones que habían aparecido en su rostro, fascinantes.

Los tres cuartos que la luna mostraba de su superficie proporcionaban la luz suficiente para poder seguir la solitaria figura que caminaba sobre la hierba, los hombros en una postura de firmeza, casi como quien entra en batalla. Qué mujer tan fascinante era, mezcla de decisión e inseguridad, como quien sabe lo que quiere pero teme asirlo con las dos manos.

De hecho, lo que había ocurrido entre ellos aquella noche le había sorprendido enormemente. No se esperaba que llegara a ocurrir fruto de una decisión que solo ella había tomado y que, por supuesto, no significaba que su relación fuese a continuar así. Eso lo sabía bien.

Oyó una puerta cerrarse y supo que había vuelto a su propia habitación, no a su dormitorio.

Aquella misma tarde se había reafirmado en la idea de anteponer las necesidades de Drew a las propias, pero al deslizarse entre sus muslos y hacerla suya, no había pensado en convencerla de lo maravilloso que podía ser para ella aceptar el papel de madre de Drew, sino solo en sentir, en desear, en el placer, en la posesión.

Había sido muy cuidadoso, había usado preservativo, pero la fantasía de cómo sería verla engordar llevando en el vientre a un hijo suyo, creado en el éxtasis de la pasión... La última vez no había podido compartir con ella la experiencia del modo que deseaba hacerlo ahora. Sentir al bebé moverse dentro de ella. Mimarla. Observar los milagrosos cambios que se fueran obrando en su cuerpo.

Quería lo mejor para su hijo, pero no podía negar que también deseaba pasar más noches como aquella con Bella.

Cansado y de mal humor por no haber dormido, Blake se levantó a las ocho y fue a ver a Drew, pero descubrió que ni él ni Bella estaban en casa.

La señora Farnes tenía su desayuno preparado cuando bajó.

—¿Ha visto a Bella y a Drew esta mañana?

—Bella se ha llevado al niño a correr.

No tenía ni idea de que le gustara correr. Cuando estuvo en su casa la última vez, se hallaba en el octavo mes de embarazo y se movía con andares de pato. ¿Qué más desconocería de ella?

—¿Ha dicho cuánto tiempo pensaba estar fuera?

—Iba a correr ocho kilómetros y lleva ya fuera tres cuartos de hora. ¿Quiere desayunar ahora, o prefiere esperarlos?

—Me voy a tomar un café y leeré el periódico mientras.

Su estudio estaba en la parte trasera de la casa, mirando al jardín, y le gustaba abrir las ventanas para disfrutar del aroma de las rosas. Cuando atravesaba el vestíbulo, la puerta principal se abrió y Bella apareció, sofocada y empujando un carrito. Llevaba pantalones cortos y negros, camiseta rosa corta y el pelo recogido en una coleta alta que realzaba sus preciosos ojos azules. Al verlo, sonrió.

—Hace una mañana estupenda para correr.

—Deberías haberme dicho que ibais a salir. Me habría ido con vosotros.

A Victoria no le gustaba correr. Lo encontraba aburrido. Su programa de ejercicios incluía un entrenador personal carísimo y un gimnasio en casa. Según ella, necesitaba que alguien la obligara a esforzarse.

—No sabía a qué hora ibas a levantarte, y no quería molestarte.

–La señora Farnes me ha dicho que querías correr ocho kilómetros. ¿Siempre haces esa distancia?

–Suelo correr entre cinco y diez, dependiendo del tiempo de que disponga.

–¿Cuánto tiempo hace que corres?

Soltó las correas de la sillita del niño, que enseguida alzó los brazos para que lo sacara.

–Toda la vida. El único modo de tener tiempo para mí sola era salir a correr.

–Entonces, si me ofrezco a acompañarte mañana, ¿me lo permitirás?

–Me encantaría –dijo, y alzó al niño en el aire para dar unas vueltas con él. La risa del niño llenó el vestíbulo–. ¿Has desayunado?

Blake estaba tan cautivado por aquel momento madre e hijo que tardó en contestar.

–No. Os estaba esperando.

–Genial. Entonces, vamos a comer. Me muero de hambre.

Llevó a Drew a la cocina y lo acomodó en su trona, y mientras Blake le daba el biberón, ella ayudó a la señora Farnes a poner sobre la mesa beicon, huevos, tortitas, tostadas y fruta. Blake tomó una selección de lo que sabía que le gustaba a su hijo y se lo colocó en la bandeja de la trona.

–¿Qué planes tienes para hoy? –preguntó, sin quitarle ojo al niño, no fuera a ser que decidiera empezar a lanzar la comida por los aires.

–He pensado llevar a Drew a la playa, y si el agua está buena, a lo mejor le doy un baño más tarde.

–En el garaje hay un coche que puedes usar si

quieres salir. Hay un museo infantil y un zoo de mascotas en la granja Wilkinson. No te costará tenerlo entretenido con la cantidad de cosas que hay por la zona.

Bella sonrió.

–A esta edad, con sentarse en la cocina con una cuchara de madera y una cacerola a la que darle golpes, estará encantado.

–Lo de la playa me parece muy bien. ¿Te importa que os acompañe?

–En absoluto.

–Luego podemos salir a comer.

–Seguro que a Drew le gustará –el teléfono que llevaba colgado de una banda que se le sujetaba en el brazo comenzó a sonar y miró la pantalla–. Es mi hermano. Discúlpame.

Se levantó y salió de la cocina, y Blake la siguió con la mirada hasta que Drew comenzó a aporrear la bandeja para llamar su atención.

–¿Más plátano? –le preguntó, pero desvió su atención hacia la suave voz de Bella.

–¿Otros novecientos? –le oyó decir–. Pero si ya te dejé quinientos para el camión. ¿Para qué es ahora? –una larga pausa–. ¿Es el más barato que has encontrado? –más silencio–. Ya sé que el camión no te sirve de nada si no anda, pero… vale. Veré qué puedo hacer.

Drew estaba aporreando la bandeja de su trona con todas sus fuerzas y riendo encantado cuando ella volvió.

–¿Todo bien?

–Sí, todo bien.

Tras la tercera taza de café acompañada de charla,

la señora Farnes se acercó a la mesa y comenzó a recoger.

–La ayudo –dijo Bella, levantándose.

–No, querida. Ya tienes bastante de qué ocuparte –contestó, señalando a Drew, que estaba encantado poniéndose en el pelo los huevos revueltos y el plátano.

–¡Pero Drew! –exclamó, y fue a buscar una manopla. Cuando volvió, la señora Farnes había quitado todos los restos de comida de la bandeja–. Gracias –le dijo, mientras le limpiaba las manitas al niño–. No sé cómo se las arreglaría mi madre. Antes de que yo tuviera edad suficiente para ayudar, ya tenía tres niños de menos de seis años.

–Tuviste que crecer deprisa, ¿no? –comentó Blake, divertido con las caras que ponía su hijo mientras lo limpiaba.

Dejaron al niño al cuidado de la señora Farnes para subir a por ropa un poco más abrigada. Aunque el día era bueno, la brisa del mar era fresca. Poco después, salían de casa con una manta y un cubo con juguetes de plástico.

Su casa se erigía sobre una parcela de gran extensión, de modo que la playa que quedaba delante estaba muy poco concurrida. Bella extendió la manta sobre la arena blanca y puso a Drew en el centro. Blake se tumbó a un lado, una posición perfecta para observarlos a ambos. Al niño, lo que más parecía interesarle de todo su entorno era la arena, y tenían que vigilarlo porque parecía decidido a comérsela a puñados.

–Anoche… –comenzó Blake, pero ella alzó una mano para detenerlo.

–He estado pensando que…

–Yo también.

–Yo lo he dicho primero –insistió–. Imagino que la idea de confiarle tu corazón a otra mujer debe agobiarte.

–Más que agobiarme, me aterroriza –reconoció.

–Tienes que saber que todas las mujeres de tu círculo social van a tenerte en su punto de mira.

–Es que soy un buen premio.

Estaba jugando con ella, dejando que la conversación fluyera hacia donde quisiera.

–Pues sí –contestó ella, y dejó vagar la mirada por el horizonte.

–Bella, ¿adónde quieres ir a parar?

–Es que… eres la persona más reservada que conozco, y vas a serlo el doble después del divorcio.

La verdad, no tenía ni idea de si aquello era el preámbulo del adiós, o un sermón sobre lo perverso que era por acosar sexualmente a una empleada.

–A ver si me aclaro: las mujeres me quieren, pero estoy quemado.

–Exacto. Por eso me has escogido a mí –concluyó, mirándolo a los ojos.

Ahora estaban llegando a puerto, y se dio cuenta de que cualquier explicación que pudiera ofrecerle sería recibida con escepticismo. ¿Por qué diablos no habría esperado un poco más? ¿Cómo hacerle comprender que su deseo por ella le había golpeado de tal modo que ni siquiera él lo entendía?

–No te sigo –respondió, intentando ganar tiempo.– ¿Por qué crees que te he escogido?

–Porque no represento ningún peligro para ti.

¿Qué? Tenía que estar de broma.

–¿Así es como te ves?

–Soy profesora de educación infantil, nacida en un pueblecito de Iowa, mientras que tú eres un rico y sofisticado hombre de negocios de Nueva York. No soy rival para ti.

Y ahí residía gran parte de su encanto. Le gustaba su autenticidad. Era una mujer de sustancia y hondura que intrigaba a su cerebro y excitaba su cuerpo.

–Comprendo que te hayas hecho esa idea –admitió, pero ¿dónde quería llegar con aquel análisis?

–Por otro lado, también sabes que no tengo interés en casarme contigo, así que no supongo presión alguna.

Lo tenía todo controlado, ¿no?

–¿No tienes interés en casarte conmigo?

Aquello dejó de parecerle tan divertido.

–Seguramente para ti es difícil de creer, pero es cierto. Además no tienes que preocuparte de si voy a enamorarme de ti, porque ya sabes que eso no va a ocurrir.

–¿Tan poco deseable me encuentras?

–Ya sabes que no. De hecho eres un hombre encantador y terriblemente guapo.

–Lo cual explica por qué tú eres inmune a mis encantos.

Bella suspiró.

–Aunque creyera que historias como las de Cenicienta pueden ocurrir en la realidad, la cuestión es que Drew y tú vais en el mismo paquete, y en algún momento vas a querer casarte con alguien que pueda ser un madre para él, y yo no soy esa persona.

Desde luego lo había pensado todo de cabo a rabo. Pero iba a fastidiarse, porque él ya había trazado su estrategia.

–¿Y adónde nos conduce todo eso?

–Pues a un romance de verano. Un puente entre tu divorcio y la próxima señora de Blake Ford.

No podía creer lo que estaba oyendo.

–¿Qué clase de romance?

–Puro sexo sin compromiso.

Parecía tan contenta consigo misma que Blake tuvo ganas de zarandearla hasta que esa ridícula idea se le cayera de la cabeza. Puro sexo sin compromiso. ¿Qué hombre no saltaría ante semejante oportunidad?

Era imposible. Y resultaba insultante. ¿De verdad le creía capaz de pasarse dos meses conociéndola, haciéndole el amor, para luego olvidarla sin más?

–Si decidiéramos mantener esa clase de relación –dijo, ocultando su fastidio–, ¿cómo crees que podríamos hacerlo?

–Pues no lo sé, pero tendría que ser secreta.

Aquello iba cada vez mejor.

–¿Te da vergüenza que te vean conmigo?

–Solo estoy pensando en tu reputación.

–Deja que sea yo quien se preocupe de mi reputación –dijo, apartándole el pelo de la cara y deslizando un dedo por su hombro. La sintió temblar, y como no se lo esperaba, acabó tumbada en la manta junto a él.

–Blake… –murmuró.

Él se acercó y le rozó los labios.

—¿Me estás pidiendo que pare? —sonrió, al sentir que ella le devolvía el beso.

—Sí —le respondió con firmeza, a pesar de todo.

Blake acabó complaciéndola.

—Creo que ya es hora de volver a casa. Necesitará un baño antes de comer —se levantó y tomó al niño en brazos—. ¿Te importa recoger tú la manta y los juguetes?

—En absoluto. Ahora os sigo.

Capítulo Ocho

Bella entró en casa y al verse en el espejo del recibidor descubrió a una mujer con los ojos muy abiertos, el pelo alborotado y las mejillas rojas.

¿Por qué tenía que pasarle eso cada vez que él la tocaba? Solo el hecho de que estuvieran en una playa pública había impedido que se rindiera a la luz tan sensual que brillaba en sus ojos.

–¿Hola? –llamó una voz desde la entrada.

El corazón se le detuvo cuando vio de quién se trataba: la exmujer de Blake. Para su inesperada visita, había elegido unos pantalones de pata ancha en lino blanco con una blusa transparente del mismo color sobre una camiseta lencera. Llevaba su melena rubia recogida, con unos mechones sueltos enmarcándole la cara y sandalias doradas de tacón, un atavío perfecto para una fiesta en el club náutico o para demostrarle a tu exmarido lo mucho que se estaba perdiendo.

–Hola, Victoria –la saludó, subiéndose en la cadera el peso de Drew–. No sabía que estuvieras en los Hamptons.

–Estoy en casa de la hermana de Blake –dijo, componiendo una sonrisa satisfecha.

Tardó un instante en darse cuenta de que Victoria no se había sorprendido de verla.

–He llamado antes a Blake, pero me ha salido su buzón de voz, así que he decidido pasarme para invitarlo a comer.

–Está en la playa.

–Habéis estado juntos, por lo que veo. No has tardado mucho en romper tu promesa –añadió.

–Blake necesitaba mi ayuda –dijo, mirando detrás de Victoria. ¿Dónde se habría metido?–. Y la razón por la que hice esa promesa ya no existe.

–Sigo siendo la madre de Drew. Seguimos siendo una familia.

Ni siquiera había saludado al niño. Estaba centrada en ella.

–Claro –contestó. No tenía por qué enterarse de si Blake le había contado o no las razones de su divorcio–. ¿Cómo estás?

–Fatal –contestó en tono trágico–. Echo de menos a Blake. Cometí un error dejándolo.

Bella no supo qué decir. La noche pasada Blake la había tenido en sus brazos, la había hecho vibrar. Ni siquiera había mencionado que hubiera cenado con Victoria, o que ella estuviera pasando unos días en casa de su hermana.

–Estoy segura de que lo que hiciste fue lo mejor en aquel momento –murmuró.

–Tenía miedo. Blake me presionaba tanto para que fuese la madre perfecta… Sus expectativas eran muy altas por lo que le pasó a él con su madre.

La curiosidad de Bella se despertó, pero no quiso preguntar. El pasado de Blake no era asunto suyo.

–Nunca se recuperó de su abandono –continuó

Victoria–. Tenía solo ocho años cuando se marchó. Por eso esperaba que yo me quedase constantemente en casa cuidando de Drew, pegada a él las veinticuatro horas del día, pero yo no soy así. Mi carrera me hace feliz.

–Victoria…

–Tú puedes hablar con él –la interrumpió–. Hazle comprender que una mujer es capaz de hacer las dos cosas a la vez: ser una buena madre y llevar adelante su carrera.

–Yo no quiero meterme en vuestra relación.

–¿Acaso no lo estás ya? –la fulminó con la mirada–. Hace apenas unos meses que nos hemos divorciado y ya estás viviendo en su casa y cuidando a su hijo. Jugando a las familias, ¿no?

–Soy la niñera de Drew. Nada más.

Los recuerdos de la noche anterior la hicieron enrojecer.

–Has querido quitármelo desde el principio, ¿verdad?

–Eso no es cierto.

–¡Claro que sí! Desde que Blake nos presentó, supe que ibas a enamorarte de él. Una niñita inocente de una granja en Iowa... ¡Qué risa! Debería haber insistido en que cambiásemos de madre de alquiler.

Había que reconocer que Victoria era mejor actriz de lo que todo el mundo se imaginaba. No tenía ni idea de que le cayera así de mal.

–Creo que no deberíamos hablar de esto delante de Drew.

–¡Pero si tiene nueve meses!

–Puede que no entienda las palabras, pero sí el tono y el lenguaje corporal.

–Está bien –accedió, bajando la voz y dando un paso hacia ella–. Ya que te preocupa tanto el niño, te lo voy a decir solo una vez: ni se te ocurra acercarte a Blake. Él y yo vamos a volver a estar juntos. Métetelo en la cabeza.

Que no mencionase a Drew le molestó.

–Blake y su hijo van en el mismo paquete –le recordó–. La mujer que se case con él tendrá que consagrarse a su hijo también.

–¿Y he de suponer que esa mujer vas a ser tú?

Le sorprendió tanta vehemencia. ¿Cómo era posible que una mujer hermosa y con éxito en su carrera pudiera sentirse intimidada por ella?

–Yo no tengo interés alguno en casarme con Blake.

–¿Y eso por qué? Te cambiaría la vida. Los problemas económicos de tu familia desaparecerían.

Aquellas palabras fueron como una bofetada para ella.

–Me pasa como ti: que no quiero ser madre.

–Sin embargo, estás interpretando el papel con Drew.

–Soy su niñera –repitió, pronunciando despacio–. Blake necesitaba a alguien un par de meses, y yo necesitaba dinero para mi hermana. Nada más.

–Entonces, más te vale asegurarte de que sea así, porque si algo de lo que hagas me impide recuperarlo, me aseguraré de que sepa la verdad sobre Drew.

Instintivamente apretó al niño contra su pecho.

–Eso solo dañará tu relación con Blake.

–¿Recuerdas que su madre lo abandonó? Si se entera de que tú has hecho lo mismo con tu hijo, te odiará para siempre.

Bella se encogió ante la maldad que vio en la mirada de Victoria.

–Mi relación con Blake es estrictamente profesional. Soy la niñera de su hijo –insistió–. Y si no quiere volver contigo, no será por lo que yo pueda hacer o decir. Si quieres verlo, búscalo en la playa –concluyó, dirigiéndose a las escaleras.

Bella sacó a Drew de la bañera después de haberle dejado jugar un rato y disfrutar ella de un poco de paz. ¿Cuántas veces habría estado cuidando de sus hermanos mientras se bañaban? Tantas que no podía contarlas.

Envolvió al niño en una toalla y, al darse la vuelta, se encontró con que Blake estaba en la puerta. ¿Cuánto tiempo llevaría ahí?

–Siento haber tardado tanto –dijo casi sin pensar, ya que su olor a limpio y su penetrante mirada la habían dejado descolocada–. Dame un segundo, que lo visto para que os lo llevéis a comer. ¿Sigue esperando abajo, o vas tú a buscarla?

–Ni lo uno, ni lo otro.

Blake se acercó y, sujetándola por la nuca, la besó en la boca con un beso intenso y exigente que la dejó sin aliento y que la doblegó hasta no poderse resistir a la pasión que la dominaba.

Solo el gorgoteo de Drew consiguió arrancarla de aquella niebla y se separarla de él.

–Blake... tienes que dejar de hacer estas cosas.

–Es que me gusta. Y creo que a ti también.

–Pero no podemos –replicó, dando un paso atrás.

–Hace unas horas no era eso lo que decías –le recordó, devorándola con la mirada en lugar de hacerlo con las manos, lo cual era igualmente devastador para ella.

–Es que llevo un día que no doy pie con bola. No tienes ni idea de lo encantador que puedes ser –añadió.

–Sé exactamente lo encantador que puedo ser, pero no esperarás que me crea que esa es la razón de que te acostaras conmigo.

–Me atraes y no voy a negarlo, pero después de pensarlo detenidamente, me he dado cuenta de que no podemos dejarnos llevar y darnos unos cuantos revolcones. Sería ridículo.

–Y eso no tiene nada que ver con el hecho de que Victoria se haya presentado aquí hoy, ¿no?

–Quiere que vuelvas –dijo, respirando hondo–. Tú, ella y Drew sois una familia, y creo que deberías volver a intentarlo.

–No somos una familia porque ella eligió dejarnos.

Convencerle de que estaría mejor con su exmujer no iba a ser fácil.

–Y lo lamenta.

–¿Te lo ha dicho?

–Sí.

–¿Qué más te he dicho?

–Lo que yo le he dicho a ella, y ahora te digo a ti, es que no quiero meterme entre vosotros dos.

–Entre nosotros ya no hay nada.

–Ella no lo ve del mismo modo.

–No me importa cómo lo vea. Lo cierto es que no quiere renunciar a su carrera para ser la madre de Drew.

–¿Y tiene que hacerlo? ¿No puede ser ambas cosas?

No se equivocaba Victoria en cuanto a las expectativas de su exmarido: quería que renunciase a todo para ser únicamente madre de Drew. Una cosa era que una mujer quisiera anteponer a su familia frente a todo lo demás, como había hecho su propia madre, pero otra cosa era que un hombre se lo exigiera.

–Vicky tiene una carrera que no se puede ejercer a medias. En su última obra no llegaba a casa hasta después de las diez. Como mucho pasaba un par de horas con Drew a la semana.

–A lo mejor podéis encontrar una solución, un punto de encuentro a medio camino.

–Hoy me ha dicho que tiene una audición para una serie de televisión que se rueda en Los Ángeles. ¿Cómo demonios vamos a ser una familia si cada uno está en una costa?

–Te ha invitado a comer. ¿Por qué no vas y la escuchas?

–Porque ya tenía una cita contigo.

La palabra cita le produjo una extraña excitación en el sistema nervioso. ¿Ansiedad, quizás? Tenía las emociones demasiado liadas para distinguir a las unas de las otras. Lo último que necesitaba era que la vieran en un sitio público con él. Las habladurías se extenderían como la pólvora, ¿y cómo convencer a Victoria de que se estaba haciendo una idea equivocada?

–Sé que antes accedí a salir a comer contigo y con Drew, pero estoy pensando que puede que no sea buena idea que nos vean juntos. La gente podría hacerse una impresión equivocada.

–¿La gente en general, o alguien en particular?

No iba a contestar a esa pregunta.

–¿No crees que resultaría raro que te vieran comiendo en un restaurante con una empleada de tu casa?

–¿Es mi reputación lo que de verdad te preocupa, o la tuya?

–La mía –espetó, aunque inmediatamente deseó no haberlo hecho–. Seguramente te parecerá una tontería que valore mi intimidad, pero después de crecer en un pueblo en el que todo el mundo se metía en tus cosas y de compartir una casa con siete hermanos, he descubierto que el anonimato es una de las cosas que más me gustan de vivir en Nueva York.

Blake la miró en silencio un instante y luego asintió.

–Bien. Subiremos por la costa hasta un sitio apartado que conozco. La comida es estupenda, y no tendrás que preocuparte de que puedan verte conmigo. ¿Satisfecha?

–Fascinada –replicó con el mismo sarcasmo que él había imprimido a sus palabras, pero bailando de alegría por dentro–. Dame diez minutos para ducharme y cambiarme.

–Que sean veinte. Yo mientras vestiré a Drew y nos vemos abajo.

La segunda mitad de junio se esfumó sin que Blake fuera capaz de marcharse de los Hamptons y volver a Nueva York. Bella, Drew y él habían organizado una agradable rutina diaria: corrían ocho kilómetros antes de desayunar, luego Bella y Drew se iban a la playa mientras él trabajaba en el estudio. Volvían a encontrarse para la comida y mientras el niño se echaba la siesta, Blake descubría todos los modos posibles de hacer gemir a Bella.

Cuando Drew se despertaba, Bella y él se iban a nadar y luego jugaban hasta la hora de la cena mientras Blake hacía las llamadas que tuviese que hacer. Casi nunca salían. La casa de la playa se había convertido en una especie de nido que abarcaba todo un mundo para los tres. Salir de ella sería tener que enfrentarse a la realidad, y ni Bella ni Blake querían hacerlo.

Sabía, eso sí, que los rumores se habrían extendido en el club, o mientras sus amigos tomaban copas o iban de compras. Su divorcio de Vicky había sido rápido y discreto. Había mantenido en privado las razones que lo habían provocado, pero algo tan llamativo como que Victoria Ford tuviese una aventura con Gregory Marshall no podía pasar desapercibido.

Su relación con Bella era demasiado nueva, demasiado frágil para sobrevivir si se la exponía a la curiosidad de su círculo social. Y por otro lado, no estaba preparado para compartirla con nadie. Disfrutaba demasiado de tenerla solo para sí.

Tras un largo día en la oficina, se alegró de poder volver por fin a casa. El ático parecía un cascarón vacío sin Drew, y le hizo darse cuenta de lo fácil que había sido olvidarse de su vida ordinaria en Manhattan y dejarse envolver por la fantasía de los Hamptons, con su hijo y con una mujer maravillosa cuidadora y sobresaliente amante.

Bella aparecía cada vez más en sus planes de futuro, reflexionó, con una copa de whisky en la mano y contemplando Central Park. Cenando tranquilos en el ático, empujando el carrito de Drew en el zoo, asistiendo a sus partidos de fútbol. Todo muy distinto a lo que había tenido con Vicky.

—Señor Ford —lo llamó el ama de llaves.

—¿Ya es hora de cenar? —preguntó, mirando el reloj.

—No. He estado limpiando el armario del tercer dormitorio. La señora Ford vino a principios de esta semana a recoger algunas cosas que se había dejado —parecía incómoda—. Le dije que no podía dejarla pasar sin que usted lo autorizara, pero que le prepararía unas cajas y que se las llevarían a su casa.

—Bien hecho —dijo, e iba a darse la vuelta cuando reparó en que tenía un sobre en la mano—. ¿Algo más?

—Esto —avanzó hacia él—. Cayó de una caja en la que había documentos de contabilidad antiguos.

Vicky siempre había manejado su propio dinero.

Al principio de su carrera, una amiga suya lo había perdido todo a manos de un administrador, y ella no había querido que le pasara lo mismo. Le gustaba verla sentada a su mesa ocupándose de sus finanzas. A pesar de lo mucho que le frustraba a veces su frivolidad, aquel era un aspecto de su personalidad que apreciaba.

–¿Qué es? –preguntó. El sobre estaba abierto.

–Es de la clínica de fertilidad.

La señora Marshall parecía preocupada.

Blake leyó. Era una factura a nombre de Vicky por una cantidad bastante inferior a lo que les habían dicho que costaría la fertilización in vitro.

Seguramente porque los servicios prestados habían sido por inseminación artificial.

Cuando el verdadero significado de lo que estaba leyendo caló en él, sintió que el estómago se le ponía patas arriba. Volvió a leer. Sí, Bella figuraba como paciente, pero no se le habían implantado embriones fecundados, sino su esperma.

Drew no era hijo de Vicky, sino de Bella.

Estando Blake fuera unos días, Bella decidió salir de excursión con el niño por los museos locales. El teléfono le sonó cuando estaba subiendo al niño al coche. Creyendo que se trataría de Blake, contestó.

–Hola, guapa.

Era su hermana Laney. Tenía trece años, y era la más extrovertida de sus hermanos.

–Hola. ¿Qué te cuentas?

–No sé si te he dicho que han invitado al coro a cantar en Chicago en agosto.

–¡Genial!

–Papá y mamá no van a poder acompañarnos, y he pensado que a lo mejor tú sí podías.

Bella suspiró. Era algo que ya había hecho antes. Laney estaba en el coro desde los nueve años, y a menudo viajaban para cantar, pero nunca a un sitio tan alejado o tan grande como Chicago.

–¿Cuándo es?

–Del uno al seis de agosto. Hemos recaudado casi todo el dinero necesario, pero nos faltan dos acompañantes.

–No sé si voy a poder.

–¡Vamos, Bella! Ya lo has hecho antes. Igual no podemos ir si no conseguimos suficientes acompañantes.

La desesperación de la voz de Laney era real, pero no sabía cuándo volvería Talia, y no podía dejar a Blake en la estacada.

–No es que no quiera; es que tengo trabajo este verano, y no sé si voy a poder escaparme.

–¿No puedes pedirles esos días? Diles que es muy importante.

–Esto también es importante.

No quería enfadarse con su hermana. Estaba deseando viajar a Chicago, y lo comprendía. Si a ella se le hubiera presentado esa oportunidad teniendo su edad, habría dado vueltas de campana.

–¡Por fa, por fa, por fa!

–Lo preguntaré. A finales de semana te diré algo.

–Tengo que saberlo mañana. Si no, cancelarán el viaje.

Al fondo se oyó la voz de su madre y a continuación se puso al teléfono.

–Bella, hija, ya lo tenemos todo controlado. No tienes que pedirle nada a tu jefe.

Le habría gustado creerla, pero había crecido oyendo a su madre decir esas mismas palabras sin ser ciertas.

–No sé si creerte.

–Tu hermana no puede pedirte que lo dejes todo y salgas corriendo.

El cansancio que detectaba en la voz de su madre le caló. Tendría que estar en casa ayudando, en lugar de darse la gran vida en Nueva York. Había sido muy egoísta yéndose tan lejos.

–Blake se las apañará unos días.

–¿Blake Ford? ¿Ese hombre tan agradable que nos llamó hace unos días?

¿Agradable? Había muchas formas de describirlo más acertadas: enérgico, convincente, decidido. Sexy como el mismo diablo. Agradable era demasiado blando.

–Estoy trabajando de niñera con su hijo. Su niñera habitual se ha roto una pierna.

–Me alegro mucho de que puedas ayudarle. No te preocupes por Laney. Alguien se ofrecerá.

–Si no consiguen a nadie, llámame, ¿vale?

–De acuerdo.

Bella sabía que no lo haría. Su madre nunca pedía ayuda. Pero no podía llegar a todo.

—¿Qué tal van las cosas, mamá?

—Estupendamente.

¿Para qué le preguntaba? Cuando vivía en la granja era fácil echar una mano, pero estando lejos, la preocupación por no poder ayudar era una constante en su vida.

Lo único en lo que podía contribuir era con dinero.

—Me alegro.

—Ay, hija, está entrando otra llamada. Hablamos. Te quiero.

Y cuando Bella le estaba respondiendo a su madre «yo también te quiero», la llamada se cortó.

Capítulo Nueve

La carretera se extendía vacía ante ellos, lo que le dejaba a Blake mucho tiempo para pensar. A su lado, Bella iba contemplando el paisaje en silencio, tan perdida en sus pensamientos como él en los suyos. El único sonido en el coche era el del juguete musical de la silla de Drew.

Habían pasado tres días desde que supo que Drew era hijo biológico de Bella. Tres días en los que había pasado de la sorpresa a la ira y a la tristeza más honda. Cuando creía que solo era su madre de alquiler, saber que no había querido mantener ningún contacto con el niño tras su nacimiento le había entristecido. Pero ahora, sabiendo que era de su propia sangre, le angustiaba hasta un punto que le dificultaba hablar con ella.

¿Cómo podía haber renunciado a su propio hijo?

No se lo preguntaba porque tenía miedo de que su explicación diera respuesta a una pregunta anterior: ¿cómo había sido capaz su propia madre de abandonarlo? Nunca había llegado a aceptar que no pudiera seguir con su padre, pero aun así, si no le había quedado otro remedio que marcharse a Francia, ¿no podía haber ido él a visitarla, pasar con ella algún verano o algunos días de vacaciones?

Siendo niño le resultaba demasiado doloroso aceptar que su madre no le había querido. Su padre era un controlador, un cerdo que seguramente le había pagado bien para que desapareciera de su vida, pero ¿cómo podía comprarse el amor de una madre?

–Háblame del viñedo que vamos a visitar –dijo Bella de pronto–. ¿Cómo es que conoces al dueño?

–Fuimos a la universidad juntos, y ya entonces era un verdadero apasionado del vino. Su padre esperaba que le sucediera en el negocio familiar, y hace ahora cinco años que no se hablan.

–¿Porque compró la bodega? –se sorprendió–. ¿Qué clase de padre corta los lazos con su hijo porque este no quiera hacer lo que él tiene pensado?

Blake la miró incrédulo.

–Hay toda clase de razones por las que un padre puede darle la espalda a un hijo.

–¿Te estás refiriendo a Victoria, o a mí?

–¿Por qué te alejaste de él?

–Porque no me necesitaba. Os tenía a vosotros.

–¿Y ahora que Victoria y yo estamos divorciados? –sabía que era demasiado pronto para hacerle esa pregunta, pero la irritación no le dejaba ser paciente–. ¿Has cambiado de opinión?

–¿No crees que eso le confundiría todavía más cuando sepa cómo se le concibió?

Más excusas.

–Creo que lo que más puede confundirle es saber que hay una mujer que lo llevó en su vientre nueve meses y que no está en su vida.

–¿Y qué pasará cuando vuelvas a casarte? –preguntó en un tono un poco agresivo–. ¿Crees que a tu mujer le hará mucha gracia que yo esté por en medio mientras ella intenta crear un vínculo con él?

–Una excusa muy pobre.

–No. Es exactamente lo que ocurrió… lo que ocurrirá, quiero decir.

Aquella explicación no le parecía convincente. Hasta que de pronto lo comprendió.

–Vicky te pidió que no te acercaras –adivinó–. Por eso desapareciste.

Hubo un momento de silencio.

–Se sentía muy insegura –dijo al fin–. Si hubiera podido quedarse embarazada, el proceso habría sido distinto. No se habría sentido tan distante.

–Vicky habría podido quedarse embarazada perfectamente –explicó. ¿Qué le habría contado?–. Lo que pasaba es que tenía miedo de las consecuencias del embarazo en su cuerpo.

–Pero… –Bella no sabía qué decir, y cuando Blake la miró, encontró en su rostro una máscara de horror–. ¿Cómo sabes eso?

–Hace un año descubrí que me había mentido. No tenía problema alguno de infertilidad.

Había encontrado por casualidad una caja de pastillas anticonceptivas.

–¿Por eso no quieres saber nada de reconciliación?

–En parte. Un matrimonio basado en la mentira no puede durar, ¿no crees?

–Desde luego. No entiendo por qué hizo algo así.

–A lo mejor ahora entiendes por qué las necesidades de Drew serán lo más importante para mí cuando vuelva a casarme –dijo Blake, sintiendo que la amargura que creía superada le subía del estómago como un ácido.

–Lo entiendo. Pero Victoria está decidida a conquistarte.

–Lo sé. Y es todavía más complicado, porque mi hermana la apoya –dijo, y respiró hondo, preparándose para lo que iba a decir a continuación–. Pero sé que, cuando nos vean a ti y a mí juntos, las dos se darán cuenta de que estoy decidido a seguir adelante con mi vida.

–¿A mí? Hay montones de mujeres que serían mejor opción que yo.

–Para Drew, no –había llegado el momento de quitarse la máscara–. He pensado mucho en ti en estos últimos nueve meses. Me ha costado mucho digerir por qué te negaste a formar parte de la vida de mi hijo.

Bella lo miró en silencio, pero parecía estar intentando encontrar qué decir, y él esperó.

–Lo hice porque Victoria me lo pidió –confesó al fin.

Qué alivio. Significaba que no era una mujer con el corazón de piedra.

–Comprendo y aprecio lo que intentaste hacer, aunque fuera un error –tomó una de sus manos entre las suyas–. Y eso significa que ya no hay nada que impida que estés en la vida de Drew.

Ella se soltó.

–¿Y en calidad de qué, exactamente?

Era demasiado pronto para revelar sus verdaderas intenciones.

–De madre.

Suspiró hondo. Se esperaba aquellas palabras.

—Pero no soy su madre.

—Le diste la vida.

—Como parte de un acuerdo de negocios.

Su respuesta fue como una patada en el estómago.

—No me digas que solo fue eso para ti.

—¿Qué quieres que te diga?

—La verdad.

—Pues la verdad es que, si hubiera sospechado lo duro que iba a ser separarme de él, nunca habría aceptado ser madre de alquiler —su respiración sonó temblorosa—. Jamás me habría podido imaginar lo unida que iba a sentirme al niño que llevaba en las entrañas.

Blake sintió paz al oír sus palabras.

—No parecía así mientras estuviste embarazada.

—Iba a tener un hijo que nunca sería mío. ¿Cómo te habrías sentido tú si te hubiera dicho que quería quedármelo?

—Destrozado.

Ella asintió.

—Cada día me enamoraba más de él. Cuando llegó el último trimestre, me planteé romper el contrato e irme a Iowa con Drew.

Blake sintió que se le aceleraba el pulso al saber lo cerca que había estado de perder a su hijo.

—¿Y qué fue lo que te lo impidió?

—Creía estar dispuesta a hacer cualquier cosa por él, hasta que vine a pasar aquí esas dos semanas, y me di cuenta de que no podía poner mi felicidad por encima de la tuya… de la vuestra.

—Gracias —contestó, con la sensación de que su exmujer no había tenido peso específico en esa decisión–. El regalo que me diste jamás podré pagártelo.

–De nada –respondió con una sombra de sonrisa–. Pero te equivocas. El dinero que me diste salvó la granja de mis padres.

–No me habías contado qué pensabas hacer con el dinero.

–Y tú te imaginaste que me lo habría gastado en trapos y fiestas, ¿eh?

–Nueva York es una ciudad cara, y me dio la impresión de que su glamour te atraía poderosamente.

–Siempre he valorado mucho la intimidad. Cuando se vive con nueve personas más, es un valor muy cotizado.

–Así que tus padres pudieron conservar su granja y yo tengo un hijo maravilloso. ¿En qué te beneficiaste tú exactamente?

Ella lo miró un poco sorprendida, como si nunca hubiera pensado ser un factor de esa ecuación.

–Supongo que lo que saqué de todo ello fue una vida nueva en Nueva York. No habría podido quedarme aquí si no os hubiera conocido. La pareja por la que vine aquí acabó eligiendo otra madre, y yo estaba a punto de volver a Iowa cuando recibí la llamada de la clínica diciéndome que Victoria y tú necesitabais una madre de alquiler.

Parecía satisfecha, pero él no podía evitar pensar que se merecía mucho más.

–Creo que eres la persona más desprendida que conozco.

–No soy tan altruista como crees.

–¿Ah, no? –replicó, recordando los retazos de conversación que le había oído mantener en aquellas últimas semanas–. ¿Qué has hecho con el adelanto que te di?

–Se lo he dado a mi hermana Kate para que pueda ir un semestre a estudiar a Kenia.

–¿Y el que le has dado a Sean?

–Es que tenía que reparar la camioneta que se acababa de comprar.

–Una camioneta que tú le has ayudado a comprar.

–Ha conseguido un trabajo en el centro para el verano, y sin coche no podía llegar. Quiere ir a la universidad cuando acabe el instituto, y tiene que ahorrar cuanto pueda, así que si yo puedo ayudarle un poco, le será más fácil.

–¿Toda tu familia acude a ti cuando tiene problemas económicos?

–Mis padres hacen cuanto pueden. Mi madre le prometió a Sean que le daría seiscientos dólares para comprarse la camioneta, pero el tractor se estropeó –parecía resignada–. En una granja, siempre hay algo que arreglar.

–Cambio lo que he dicho antes: tú eres una santa.

Bella se echó a reír.

–¿No me digas?

Empezaba a comprender lo fácil que era aprovecharse de ella. Vicky lo había hecho. Y también entendía por qué era tan reacia a asumir más responsabilidades.

–¿Y quién se ocupa de ti?

–Yo misma.

Blake le tomó la mano y la besó.

–Te mereces tener a alguien que te anteponga a todo lo demás.

–No sabría qué hacer si eso ocurriera –admitió–. Lo mío es una especie de atracción compulsiva hacia quienes me necesitan. Me he pasado la vida cuidando de mis hermanos, y no sé hacer otra cosa.

–Eso va a cambiar –vio el cartel de Rosewood Winery y frenó–. A partir de este momento, pienso satisfacer hasta tu último capricho. Ya es hora de que veas lo que te has estado perdiendo.

Mientras avanzaban entre filas de vides primorosamente cuidadas, la promesa de Blake le reverberaba en la cabeza. ¿Iba a satisfacer hasta su último capricho? ¿Sabría lo tentador que era ese ofrecimiento? ¿Cómo sería dejar que Blake la mimara? Hacía mucho ya que se había hecho la promesa de que, si alguna vez llegaba a casarse, sería con una persona que no quisiera tener hijos. Quería tener libertad para viajar y no tener que estar preocupándose constantemente del dinero. Ser ella la primera de sus preocupaciones. Pero sabía perfectamente que Blake buscaba a una mujer que pudiera dedicarse en cuerpo y alma a ser madre y esposa.

Ante ellos apareció una hermosa casa estilo toscano, y cuando aún el coche no se había detenido completamente, la puerta principal se abrió y apareció una mujer. Mientras Bella le quitaba el cinturón al niño, aquella alta pelirroja abrazó a Blake.

–¡Cuánto me alegro de verte! –exclamó–. Y has traído a Drew.

–Julie, te presento a Bella.

–Es un placer conocerte.

La energía de aquella mujer era contagiosa.

–Lo mismo digo.

–¿Dónde está Sam? –preguntó Blake mientras Julie intentaba arrancarle una sonrisa a Drew, que de pronto se había vuelto tímido.

–¿Y tú me lo preguntas? –contestó, señalando un conjunto de edificaciones–. Anda, ve a saludarlo y dile que comemos en quince minutos. Bella, Drew y yo nos vamos conociendo.

Julie condujo a Bella a un patio sombreado en el que había varios sillones de mimbre desde los que poder disfrutar de la extensión de los viñedos.

–Esto es maravilloso –exclamó–. ¿Qué dimensión tiene esta propiedad?

–Unas cuarenta hectáreas: la mitad de viñedo y la otra mitad repartida entre pastos e instalaciones para caballos.

–Blake me ha dicho que te dedicas a la doma. ¿Cuánto tiempo llevas en ello?

–De manera profesional, unos cinco años, pero llevo toda la vida compitiendo en distintas disciplinas. Lo de la doma fue idea de Sam. Cuando nos casamos, no sabía a qué iba a dedicarme, ya que no comparto la pasión de mi marido por el vino. Sam sugirió que abriera una escuela y compramos este viñedo con los establos. Nuestras actividades no pueden ser más diferentes, y sin embargo, trabajamos juntos.

–Parece encajar a la perfección.

Bella se quedó pensativa. Era la misma armonía que compartían sus padres: él, a cargo de los animales y el campo; ella, ocupándose del alma de la granja, es decir, de su esposo y de sus hijos. Juntos mantenían la granja en marcha y a la familia fuerte.

–Espero que no te moleste que te lo pregunte, pero ¿cómo que vas a pasar el verano con Blake y Drew? Según me dijo Blake, no querías tener contacto alguno con el niño.

El estómago se le encogió.

–Sería una persona horrible si no quisiera saber nada de esta criatura.

–Horrible es un poco fuerte –contestó. Parecía dudar–. En un principio pensé que era solo por dinero, pero teniendo en cuenta cómo te describía Blake, no me encajaba.

–¿Cómo me describía?

–Decía que eras la madre perfecta.

Bella se quedó petrificada.

–¿Cuándo te dijo eso?

–El verano pasado. Creo no haberlo visto tan feliz en toda su vida.

–Dios mío…

¿Victoria le habría oído decir eso? ¿Sería la razón por la que le había pedido que se alejara?

–Se quedó desconcertado cuando te marchaste.

–Hice lo que creía que sería mejor para todos, y la verdad, no fue nada fácil.

Sintió que las lágrimas le quemaban en los ojos y respiró hondo para mantener la calma.

–Ya me lo imagino. Yo no habría sido capaz de separarme de mi hija. Y es evidente que este niño te adora.

Bella bajó la mirada y vio que Drew la contemplaba, fijos sus ojitos en ella. Sonrió, y ella tuvo que devolverle la sonrisa. Era una locura pensar que Drew la reconocía como madre.

–Ya vienen los chicos –anunció Julie–. Y Lindsay, mi hija. No sé cómo ha conseguido Blake que Sam se separe de las tinajas a tiempo de comer.

Blake y un hombre alto y rubio que traía en brazos a una niñita de unos cuatro años llegaron al patio. Sam dejó a la niña en el suelo y estrechó la mano de Bella hasta casi hacerle crujir los huesos antes de tomar en brazos a Drew y lanzarlo al aire. El niño gritaba entusiasmado.

Hacía un día magnífico, y Julie insistió en que comiesen fuera. Al poco Drew comenzó a demandar su biberón y Bella entró en la cocina a calentarlo. Cuando volvió, Blake lo tenía en brazos e insistió en dárselo él mientras ella terminaba de comer, lo que le hizo sonreír: el gesto debía formar parte de lo que le había dicho justo antes de llegar sobre satisfacer todos sus deseos.

El móvil le sonó en ese momento. Tenía un mensaje de texto. Lo que leyó destrozó aquel momento perfecto.

La señora Farnes me ha dicho que estás comiendo con Blake. Te advertí de que no lo hicieras. Atente a las consecuencias.

Capítulo Diez

Se quedó de pie, inmóvil, delante de la puerta cerrada de la habitación de su hijo y oyó cómo Bella le hablaba con suavidad. No le decía nada extraordinario. Era simplemente la relación de lo que iban a hacer al día siguiente si era bueno y se dormía, pero había algo en su voz que le llamó la atención.

Parecía triste.

¿Qué habría ocurrido? Lo habían pasado bien con Julie y Sam. De hecho, se habían reído mucho con las historias que Bella les había contado de su familia.

Se le daba de maravilla contar historias, mezclando en su justa proporción comedia y drama. No le extrañaba que sus alumnos se deshicieran en abrazos con ella el día que fue a buscarla al colegio.

Aquel recuerdo le hizo volver a preguntarse lo que tantas veces había hecho a lo largo de su vida: ¿por qué abandonaba una madre a su hijo?

En el caso de Bella, había estado dispuesta a sacrificar su propia felicidad por entregar a Drew a unos padres que lo adoraban. O eso la habían hecho creer.

–Te quiero.

Aunque había hablado casi en un susurro, pudo discernir claramente lo que había dicho. El corazón se le desbocó. Si le quedaba alguna duda sobre los sentimientos que albergaba Bella por su hijo, acababan de disiparse.

Decidió abrir la puerta y entrar.

–¿Qué tal vais?

–Por fin se ha dormido –sonrió–. Estaba agotado.

–Qué rapidez. Cuando no se quiere dormir, me cuesta una hora convencerlo.

Ella se encogió de hombros.

–Tengo mucha más práctica que tú. Mi hermano Scout fue el peor. Se tiraba horas de pie en la cuna, llorando a moco tendido. Intenta hacer los deberes con un crío llorando a pleno pulmón.

–Como hijo único, nunca he tenido ese problema.

Bella suspiró.

–Me habría encantado ser hija única.

–Y a mí tener un montón de hermanos.

–Supongo que todos deseamos lo que no tenemos.

–No siempre –respondió él, rodeándole la cintura y apretándola contra sí–. Algunos apreciamos, y mucho, lo que tenemos.

Cuando fue a besarla, encontró sus labios abiertos y esperando. La rabia, las dudas que pudiera tener sobre si aquello era bueno para ambos, desaparecieron. Era lo que había estado esperando todo el día: tenerla en los brazos. En su cama.

Ella se alzó sobre las puntas de los pies para hundir las manos en su pelo, y la danza ardiente de su lengua le confirmó que ella también lo había echado de menos.

–Hazme el amor, Blake.

No hizo falta más. Tomándola en brazos, salieron

de la habitación de Drew y entraron en la suya. Bella suspiró cuando Blake le abrió la camisa para besarla en el cuello antes de tumbarla sobre la cama. Luego fue él quien gimió cuando ella le desabrochó la camisa para acariciarle. Se deshizo de la prenda con un solo movimiento y se inclinó sobre ella para recorrer con la lengua el dibujo del encaje de su sujetador.

–Eres preciosa –murmuró, mordiéndole uno de los pezones.

–Hazlo otra vez…

Obedeció sonriendo. No dejaba de sorprenderle cómo respondía a sus caricias. Fue bajando con un camino de besos hasta la cinturilla del pantalón, que desabrochó despacio. Le siguió la cremallera, y en cuestión de segundos se quedó ante él solo con la ropa interior.

Se detuvo a admirar sus largas piernas y deliciosas curvas antes de quitarse los pantalones y colocarse desnudo entre sus piernas, y aguardando, disfrutó del tormento de sus manos en la espalda. Luego, tiró de ella y se tumbó boca arriba en la cama, colocándola sobre su cuerpo.

Apoyando las manos en sus hombros, Bella se sentó sobre él y lo miró de arriba abajo antes de tomar entre los dedos sus pezones y hacerlos girar. Su erección saltó.

–Te gusta –sonrió.

–Me gusta todo lo que me haces.

–No he hecho mucho. Eres como un torbellino cuando hacemos el amor.

–Esta noche, te dejaré hacer a ti.

Ella sonrió pensativa.

–Bueno, si es así…

Apoyó los codos en el colchón y lo besó apasionadamente. Aquella posición le daba acceso a Blake a los puntos más sensibles de su anatomía, y fue bajando por su espalda hasta llegar a la costura entre sus nalgas. Ella se estremeció cuando lo sintió llegar entre sus piernas.

Tenía empapadas las bragas. Estaba tan excitada como él, y movió las caderas al mismo ritmo que él las manos.

–Se suponía que hoy me tocaba a mí –le recordó con voz temblorosa.

–No esperarías en serio que me quedase aquí tumbado sin hacer nada.

La vio morderse el labio cuando deslizó los dedos bajo las bragas.

–Eso es exactamente lo que esperaba –replicó, sujetándole las manos contra el colchón.

–¿Cuánto tiempo?

–¿Media hora?

–Tres minutos –respondió, convencido de que no iba a poder esperar mucho más.

–Quince.

–Cuatro.

–No se puede negociar así.

–¿Se lo dices a un millonario?

–Diez.

–Cinco.

Por fin asintió.

–Cinco.

Se desabrochó el sujetador y, antes de que cayera al suelo, ya se había metido un pezón de Blake en la boca, y lo vio agarrarse a las sábanas para contenerse, sin poder evitar que se le escapara un gemido.

Al final aguantó cuatro minutos y medio exactos. La veía disfrutar tanto de explorar su torso, sus piernas, que soportó el tormento hasta que sintió que agarraba su miembro y a punto estuvo de poner punto final con un único movimiento.

–Se acabó el tiempo –anunció, sujetándola por las muñecas, y antes de que pudiera protestar, la tumbó boca arriba y la sujetó con su cuerpo–. Me toca.

–¡No han pasado cinco minutos!

–¿Seguro?

Le había rodeado las caderas con las piernas. Solo los separaba el fino tejido de sus braguitas.

–Quítamelas –le dijo, mordiéndole la mano–. O arráncamelas. Me da igual. Quiero sentirte dentro.

–Tus deseos son órdenes para mí.

Pero antes se colocó un preservativo. Un minuto más, y no sería capaz de hacerlo. Cuando se volvió hacia ella, estaba desnuda y se había colocado de rodillas detrás de él. Pero Blake volvió a colocarla frente a él.

Sin decir una palabra, comprendió lo que quería, y se colocó de modo que solo la punta de su pene la rozaba. Con una sonrisa, bajó hasta introducirlo por completo en su cuerpo, y cuando lo hizo, Blake supo que jamás había visto algo más hermoso.

El orgasmo se insinuó cuando aún no había terminado de penetrarla. Estar sobre él le ofrecía sensaciones nuevas, y la presión de sus manos en las caderas atizaba el deseo salvaje que la sacudía.

Cuando la primera ola de placer la alcanzó, giró las caderas, experimentando, pero apenas tuvo tiempo de hacerlo, porque hubo de contener los gemidos para no despertar a Drew. Con un poco de suerte, dormiría toda la noche de un tirón y podría quedarse en aquella cama hasta el amanecer.

–Ha sido espectacular –le dijo, maravillado–. Eres increíble.

Con el calor del orgasmo ardiendo en su interior, le parecía imposible tener más calor, pero el cumplido de Blake la convirtió en un volcán.

–Nunca había sido así. Es culpa tuya.

Blake le besó las palmas de las manos y, a cambio, ella colocó las suyas en sus senos, que él acarició hasta despertar de nuevo el deseo que su clímax había saciado momentáneamente. Movió las caderas. Dentro de su cuerpo, Blake seguía teniendo el pene erecto y firme.

–Así –le dijo, abandonando sus pechos cuando comenzó a moverse para mostrarle exactamente cómo quería que lo hiciera.

Aquella vez, el ascenso fue más lento. Tuvo tiempo de grabarse el olor de Blake, el sabor salado de su piel, el sonido de sus palabras de ánimo. Cuando aceleró el ritmo en busca de su propio orgasmo, supo que nunca perdería el recuerdo de aquella noche.

Estaba cerca. Sus movimientos eran cada vez más frenéticos. Bella se sintió al borde de otro abismo, pero no iba a llegar hasta que Blake terminara, hasta que introdujera la mano entre sus dos cuerpos.

–Ven conmigo –le pidió, acariciándola con la presión perfecta para hacerla explotar de nuevo. Un segundo después, le sintió estremecerse con la potencia de su orgasmo.

Y ella le siguió. Sus gritos fueron poco más que erupciones de satisfacción, pero en perfecta armonía.

Después se acomodó junto a él, con la mejilla apoyada en su pecho. La mano de Blake subía y bajaba por su espalda y ella se sentía flotar en una nube de satisfacción.

–Hoy me has pedido que te contara historias de la granja de mis padres –le dijo–. Me gustaría que me contaras tú algo de tu niñez.

Sintió que el movimiento de su pecho se detenía.

–Fue sobre todo solitaria.

–¿Porque tu padre trabajaba mucho?

–Y porque mi madre se pasaba más de la mitad del año en París. Cuando yo cumplí los ocho años, se quedó a vivir allí definitivamente.

–¿Por eso nunca hablas de ella?

–Es que no hay mucho de qué hablar. Era muy guapa, y cantaba en francés cuando estaba contenta. Muchas veces, cuando volvía del colegio, la encontraba sentada junto a la ventana, contemplando el parque.

Bella sintió una punzada de dolor en el pecho imaginando. No era de extrañar que se hubiera enfadado tanto con ella por su decisión de no quedarse junto a Drew.

–¿Hablas con ella de vez en cuando?

–Me envía una tarjeta por mi cumpleaños. Es todo el contacto que mantengo.

–¿Por decisión de los dos?

–Cuando era pequeño, nunca respondía a mis cartas, ni contestaba al teléfono cuando la llamaba, y al tiempo dejé de hacerlo. Cuando mi padre murió, ella intentó establecer contacto conmigo, pero yo ya era mayor y no la necesitaba.

–¿Sabes por qué se marchó?

–Mi padre me dijo que echaba de menos a su familia. Supongo que pensó que haría realidad sus sueños casándose con él, pero mi padre se pasaba la vida trabajando y ella estaba sola.

–Debió de ser muy duro para ti.

–Me costó un tiempo aceptar que no había sido culpa mía que se marchase. Quizás ahora entiendas por qué era tan importante que no desaparecieras de la vida de Drew.

–He pensado mucho en eso –contestó, apoyándose en un codo para poder mirarle a los ojos–. Quiero estar en la vida de Drew. Puede que el lazo que nos una sea poco convencional, pero quiero estar ahí tanto si me necesita como si no.

Blake le puso una mano en la mejilla y la besó despacio, con más gratitud que pasión, pero Bella sonrió cuando se separaron.

–Gracias –le dijo con un brillo especial en el azul grisáceo de sus ojos.

–Debería ser yo quien te diera las gracias. Drew es especial, y me alegro de poder formar parte de su vida.

–Me gustaría que también lo fueras de la mía –declaró él, colocándose sobre ella para borrarle todo pensamiento con un beso espectacular.

Mientras volvían a hacer el amor, Bella se preguntó qué les depararía el futuro cuando volviesen a Nueva York y a sus vidas. La libertad que tanto había deseado antes estaba empezando a perder atractivo a pasos agigantados, y cada vez tenía menos claro que pudiera escapar a las obligaciones que esperaba evitar al no formar su propia familia.

Y ahora estaba atrapada en un dilema en el que ella misma se había metido, porque se estaba enamorando del hombre que era el padre del niño al que había renunciado. Las responsabilidades que había esperado evitar eran las que ahora deseaba tener. Matrimonio. Hijos. Lo quería todo. Y con el hombre que, si llegaba a descubrir cómo había conspirado con su mujer para engañarlo, nunca podría perdonarla.

Mientras los despachos y las oficinas de su sociedad de inversiones bullían de actividad, Blake estaba sentado en el silencio de su despacho contemplando la selección de anillos de pedida que le había llevado el joyero. Muchos eran los diamantes que brillaban ante sus ojos, cada uno más bello que el anterior, pero la decisión era fácil. Uno de ellos le había llamado la atención nada más verlo.

El joyero estaba sentado al otro lado de la mesa como quien tiene todo el tiempo del mundo, un gesto que Blake le agradeció, porque no solo estaba eligiendo un anillo, sino tomando una decisión que afectaría al resto de su vida.

Bella aún no le había revelado que ella, y no

Vicky, era la madre biológica de Drew. ¿Podía confiar en que no se sintiera desbordada por el peso de la familia en un futuro y cambiase de opinión? ¿Estaba preparada para comprometerse y formar una familia?

Tomó el anillo entre los dedos y lo contempló mientras el joyero empezaba con el papeleo. Una mentira de proporciones descomunales se alzaba entre ellos, pero estaba decidido a hacer lo que fuera necesario para hacer feliz a su hijo. Que Bella y él estuvieran bien juntos era secundario. Lo más importante era que su hijo tuviera una madre que lo quisiera, de modo que no iba a revelarle lo que sabía. Mientras Bella hiciera feliz a Drew, él se cuidaría de ella en todos los sentidos.

La brisa del Atlántico refrescaba la sombra que proyectaba la amplia sombrilla bajo la que se habían refugiado Bella y Drew del sol de la tarde. Bella se llevó al niño al agua.

Le gustaba quedarse en una especie de cornisa que tenía la piscina con apenas un palmo de agua en la que el niño podía disfrutar a sus anchas y practicar su equilibrio agarrándose a dos tumbonas que se colocaban precisamente en esa superficie.

Lo estaba secando ya cuando le sonó el móvil. Era Sean. Suspiró. Más le valía no necesitar más dinero para reparaciones.

—Eres la mejor hermana del mundo —exclamó sin darle ocasión a decirle hola.

—Gracias.

–Es la mejor.

–¿La mejor qué?

–La mejor camioneta.

–Me alegro –dijo aliviada–. ¿No le pasa nada más?

–¿Qué iba a pasarle, si es nueva?

No entendía nada.

–¿Qué es nueva?

–La camioneta.

–Querrás decir que la han dejado como nueva.

–No. Es que es nueva. La han traído hace una hora. El tío del concesionario me dijo que tenía que darte las gracias a ti.

–Sean, yo no he comprado nada –respondió, con una extraña sensación en el estómago–. Espera, que ahora te llamo.

Colgó y tomó a Drew en brazos para entrar en la casa. Solo había un modo de que una camioneta nueva hubiera llegado a manos de su hermano.

Sin pararse a llamar a la puerta, entró en el despacho de Blake.

–¿Le has comprado a mi hermano una camioneta y le has dicho que se la regalaba yo?

–Sí.

Drew se retorció queriendo bajarse y lo dejó en el suelo.

–¿Por qué lo has hecho?

–Porque le estabas dando el dinero que tanto te ha costado ganar para las reparaciones de la vieja.

Hablaba como si le estuviera leyendo una noticia del periódico, y se estaba empezando a poner nerviosa. Drew se agarró a su pierna para ponerse de pie.

–¡Es demasiado! ¿Cómo voy a devolvértelo?

–No espero que lo hagas.

¿Por qué la estaba ayudando así? Era solo su empleada, con un salario por cuidar de su hijo.

Pero claro, también se acostaban juntos. Y aunque en el fondo deseaba que fuese algo más, no esperaba que su relación pasara de ser una aventura de verano.

Blake se levantó de la mesa y por su cara dedujo que iba a acallar sus protestas con un beso, así que dio un paso atrás y levantó una mano.

–¡Mira! –exclamó Blake, con una deslumbrante sonrisa.

Bella bajó la mirada a tiempo de ver a Drew dar tres pasos para llegar junto a su padre. Todo se le olvidó al ver al niño agarrarse a la pernera del pantalón de Blake y lanzar un grito de júbilo. Sus primeros pasos y había estado allí para compartirlos con Blake, que la miró comprendiendo como ella el significado de aquel momento.

–Cásate conmigo.

La boca se le abrió, pero no encontró qué decir. Blake tomó a Drew en brazos.

–Cásate conmigo –repitió, mirándola fijamente–. Quiero que seamos una familia.

–También yo lo quiero, pero…

Antes de que pudiera explicarse, Blake la besó de un modo impulsivo y, al mismo tiempo, tierno. Su cuerpo cobró vida como siempre que la besaba, pero fue el corazón lo que escapó a los muros tras los que lo había protegido.

Blake la quería. Saberlo le dio la confianza que necesitaba para confiar en su propio corazón, para aceptar que el camino para ella no era el de la ausencia de responsabilidades y obligaciones, sino el mismo que había tomado Blake. Ahora comprendía que su madre hubiera querido tener un montón de hijos. Era el reflejo tangible del gran amor que sentía por su padre y por la vida que habían construido juntos.

En cuanto Blake dio por concluido el beso, contestó con toda felicidad que sentía dentro:

–¡Sí! –exclamó, abrazándose a él y mirando al niño–. Quiero que seamos una familia.

Drew se lanzó a uno de sus largos balbuceos, y Blake se rio.

–Creo que estamos de acuerdo por unanimidad.

Capítulo Once

Recorrer Main Street en East Hampton empujando el carrito de Drew era una tarea lenta porque tenía que detenerse a menudo para evitar a la gente que miraba escaparates. Había decidido llevar a Drew a tomar un helado a un sitio que había descubierto el verano anterior.

Compró una bola de chocolate y encontró un banco a la sombra en el que sentarse. Un momento antes el niño estaba aburrido por su obligada inmovilidad, pero en cuanto probó el helado, se tornó todo sonrisas y exclamaciones de deleite.

Había rebañado la última cucharada de la tarrina cuando les llegó la voz de una mujer.

–Hola.

Bella alzó la mirada. Era la hermanastra de Blake, que se dirigía hacia ellos.

–Podrías haberme dicho que ibas a traer a Drew al centro. Habríamos ido de compras juntos.

Jeanne soltó media docena de bolsas de formas y tamaños distintos, que quedaron en el suelo alrededor de sus pies.

–Hemos venido a comer un helado –explicó Bella. Una de las bolsas tenía el nombre de una tienda de niños, y recordó que Blake le había dicho que Jeanne estaba embarazada–. Estas tiendas no están a mi alcance.

–¿No te paga bien mi hermano?

La pregunta parecía desenfadada, pero había algo en su tono que hizo que Bella alzase sus defensas.

–Me paga muy bien.

–Entonces podrías haberte comprado alguna cosita. He visto un vestido precioso en Martini's.

–No creo que pueda.

–Bueno, pues si no te compras nada para ti –insistió, tirando de su mano para que se levantara–, ¿qué tal un juguete para Drew?

–Tiene tantos que no creo que vaya a poder jugar con todos –replicó.

–¿Has estado en el Pea Pod? –buscó entre las bolsas hasta encontrar la que quería–. He comprado esto allí –era un juguete de muchos colores, texturas y formas–. Te parecerá una locura que compre juguetes cuando acabo de entrar en el segundo trimestre de embarazo, pero comprar hace que el tiempo pase más deprisa.

–Enhorabuena. Peter debe de estar encantado.

Jeanne hizo una mueca.

–Mi marido no es como Blake. No tiene muy claro lo de tener familia. No es que no quiera, pero como no está muy unido a ninguno de sus hermanos, no ve en qué puede beneficiarle tener hijos. Mira, ese es el vestido de que te hablaba –exclamó, señalando un escaparate.

Era un precioso vestido de fiesta, con el cuerpo púrpura y una falda fruncida en la que iba degradándose el color hasta llegar al rosa en las flores que decoraban el bajo.

–A mi hermana le encantaría.

–Pues cómpraselo.

–No tendría dónde ponérselo.

–Si viene a visitarte a Nueva York, sí.

–Hasta el verano que viene no podrá. Está ahorrando para sacarse un billete de avión.

–¿No te sientes un poco sola estando tan lejos de casa?

–Echo de menos a mi familia, pero me encanta vivir en Nueva York.

–Entonces, no tienes pensado volver a… ¿de dónde eras?

Blake no le había hablado de su compromiso. Le habría molestado si ella hubiera llamado a Deidre o a su familia para contárselo, y lo habría hecho de inmediato de no ser que cada vez que descolgaba el teléfono para marcar, algo dentro de ella le impedía hacerlo.

Pero ¿cómo podía estar mal casarse con Blake? Le quería. Los quería a ambos: a él y a su hijo.

–Soy de Iowa, pero voy a quedarme en Nueva York.

Siguieron caminando hacia la tienda de la que Jeanne le había hablado. El Pea Pod se especializaba en ropa de bebés y juguetes creativos. Sostuvo la puerta con la mano izquierda y empujo el carrito, y mientras la retenía abierta para que entrase Jeanne, se dio cuenta de que la hermana de Blake se fijaba en el diamante de cuatro quilates que llevaba en el dedo anular.

–¿Estás comprometida? –acusó más que preguntó–. ¿Con mi hermano?

–Sí –en ese momento, deseó estar a cientos de kilómetros de allí–. Me lo pidió ayer.

Sorpresa y desilusión aparecieron en el rostro de Jeanne. Victoria y ella eran grandes amigas.

–¿Estás enamorada de él?

–Claro. ¿Por qué me preguntas algo así?

–Porque, para alguien como tú, mi hermano debe ser una mina de oro.

–Y yo, una cazafortunas, ¿no? –respondió, conteniendo la rabia–. ¿Tan inocente crees que es tu hermano?

¿Sería aquello lo que Blake quería evitar y por eso no se lo había contado a su hermana? No, Blake no evitaba los problemas, sino que los abordaba de frente.

–No, lo que pasa es que fuiste la madre de alquiler de Drew, y Blake siente debilidad por ti.

–¿Quieres decir que he utilizado a Drew para llegar hasta su padre? Yo no soy así.

Dio media vuelta al carrito y se dirigió a la salida.

–Yo no he dicho eso –Jeanne la había seguido–. ¿No vais demasiado deprisa? Apenas llevas un mes en la vida de Drew.

–Quiero a Drew.

–Lo abandonaste hace nueve meses.

–Victoria me pidió que lo hiciera –respondió, y echó a andar. Se sentía como un animal acorralado.

–¿Lo sabe Blake?

–Yo se lo he dicho –contestó, y cruzó la calle.

–No me extraña que no quiera volver con Victoria.

–Hay más razones.

–¿Qué más?

–Ya he dicho bastante. Habla con tu hermano o con Victoria.

–Es lo que voy a hacer.

Jeanne la miró en silencio un momento más y dio media vuelta.

Bella la vio alejarse pensando si sería eso lo que todo el mundo en el círculo de Blake pensaría: que se casaba con él por su dinero. El anonimato del que había disfrutado como una simple profesora de educación infantil se esfumaría en cuanto la noticia de su compromiso llegara a la prensa amarilla.

De repente, se sintió agobiada por el calor y entró en la primera tienda que le salió al paso en busca de aire fresco. Irónicamente, era la del vestido que Jeanne le había enseñado.

Las dependientas ni se le acercaron, lo cual significaba que no la consideraban clienta potencial. Ya le había ocurrido en otras ocasiones, cuando Deidre la arrastraba de una tienda a otra por Manhattan.

Casi a hurtadillas miró la etiqueta del precio y la respiración se le cortó: cuatrocientos dólares. Volvió a mirar el vestido. Pronto podría comprárselo sin pensar. No tendría que seguir mirando hasta el último céntimo.

El brillante que llevaba en el dedo le pesó más que nunca. Si todo el dinero de Blake desapareciera de pronto, seguiría queriéndole, pero eso no iba a ocurrir, y las preguntas la asediaron. El dinero, o la falta de él, llevaba tanto tiempo siendo una carga para ella que no podía negar que deseaba poder comprarse algo sin tener que mirar el precio.

Las palabras de Jeanne le habían calado más hondo de lo que se había imaginado. Salio de la tienda, subió al coche y se dirigió de vuelta a casa.

¿Bastaba saber que amaba a Blake y que le daba igual su dinero? ¿Necesitaba que el mundo entero lo aceptara?

Blake estaba disfrutando de un vodka con tónica en el porche cuando oyó cerrarse la puerta principal. Seguramente debería haber descorchado una botella de champán por lo bien que le había ido el día, pero eso podría esperar a que Drew estuviera acostado. Bella y él lo celebrarían como era debido.

Al oír el rápido taconeo sobre el suelo de madera, supo que no era la mujer que esperaba y se levantó.

–Blake, ¿dónde estás?

Abrió la puerta de corredera para contestar.

–Hola, Jeanne. ¿Cómo es que has venido?

Su hermanastra se dirigió hacia él casi en tromba.

–¿Le has pedido a esa chica que se case contigo?

Al oír semejante tono acusador, supo que había tardado demasiado en decírselo.

–Si por «esa chica» te refieres a Bella, sí.

–¡Pero si ni siquiera la conoces!

–La conozco desde hace casi dos años. Es dulce, guapa y sabe crear lazos. Y por encima de todo, quiere a Drew.

–¿No crees que vas demasiado deprisa?

–¿Desde cuándo crees que hago las cosas sin pensar?

–Cuando te divorciaste de Victoria, por ejemplo.

–No fue una decisión que tomase a la ligera –replicó, molesto–. No me dejó otra opción.

126

–¿Porque no quería ser madre a jornada completa?

–No solo por eso.

–¿Qué mas había?

No quería causar fricciones entre Victoria y su hermana. Eran buenas amigas.

–Por lo que veo Victoria no te ha contado la historia completa.

La irritación de Jeanne se tiñó de dudas.

–¿Qué historia?

–Es tu amiga. Pregúntale.

–Y tú eres mi hermano. Te lo pregunto a ti.

Blake la miró mientras se cruzaba de brazos.

–No pienso meterme en una batalla como esa. Pregúntale a Victoria. Si decide contártelo, luego podremos hablar de ello.

–Y mientras, vas a casarte con Bella.

–Sí.

Condujo a su hermana al sofá y fue a buscarle una botella de su agua preferida. Cuando volvió, la encontró más preocupada que enfadada.

Jeanne tomó un trago largo de la botella.

–¿No crees que se casa contigo por tu dinero?

–De ninguna manera.

–Pero la pagaste por quedarse embarazada. Ahora, la estás pagando por ser la niñera de Drew. ¿No sientes curiosidad por saber dónde ha ido a parar todo ese dinero?

–No es asunto tuyo, Jeanne –contestó, más cansado que irritado.

–Soy tu hermana y te quiero, así que sí es asunto mío. ¿Qué ha sido de todo ese dinero, Blake?

–Lo ha enviado a su casa. A sus padres y sus hermanos. Todo lo que puede ahorrar se lo envía a ellos.

–Eso dice ella.

–Es la verdad. Lo he comprobado.

–Ya. Así que tú tampoco confiabas en ella, ¿no? –preguntó, como si hubiera visto corroborado su punto de vista.

–Dejé de hacerlo cuando se negó a ver a Drew, pero hace poco que me he enterado de cuál fue la razón.

–Me dijo que se lo pidió Victoria.

–¿Ah, sí? –inquirió–. ¿Y qué más te ha dicho?

–Que te quiere.

–Vaya.

No se esperaba algo así. Iba a ser una maravillosa carga que tendría que llevar le resto de su vida.

–¿Y tú la quieres?

Bella entró en casa y se quedó paralizada en el vestíbulo al oír la pregunta de Jeanne. Había visto su coche aparcado delante de la puerta. Tenía que haber venido a todo correr para llegar antes que ella y hacerle ver a su hermano el error que estaba cometiendo.

–Lo que yo sienta no importa –espetó él, impaciente.

Sintió que se le encogía el corazón. Lo cierto es que Blake nunca le había dicho esas dos palabras.

–A Victoria la quise y mira cómo resultó para el pobre Drew: lo abandonó para seguir con su carrera. Igual que mi madre –el silencio que siguió se preñó de dolor. Por perfecta que hubiera acabado siendo su vida, nunca superaría el abandono de su madre–. Lo importante es que Drew va a tener una madre que lo va a cuidar y querer sin restricciones.

¿Era eso lo que quería de ella? Las veces que habían hecho el amor, sus caricias, su pasión, ¿estarían destinadas a cimentar su lealtad hacia él para que no se marchara de su lado?

–Pero ¿por qué ella? No es ni de lejos la mujer más guapa con la que has salido. Va a encontrarse como pez fuera del agua en tu círculo.

Las palabras de Jeanne reflejaban a la perfección sus preocupaciones.

–Hay cientos de mujeres en Manhattan más adecuadas para Drew y para ti.

–Es la madre de mi hijo.

–Victoria es su madre.

–Habría podido serlo, pero no le gustó el papel. Y hay algo más en todo esto que tú no entiendes.

¿Iría a hablarle de la infidelidad de su exmujer? Parecía capaz de hacerlo en aquel momento.

–¿El qué?

–Bella es la madre biológica de Drew.

Tuvo que agarrarse a una mesa al oírle decir aquello.

–Pero… ¡eso es imposible! –exclamó.

–Es la verdad. Tengo una factura de la clínica de fertilidad en la que lo detalla. Drew no es hijo biológico de Victoria, sino de Bella.

¿Lo sabía? ¿Blake lo sabía? ¿Cuánto tiempo haría? ¿Por qué no le habría dicho nada?

Temiendo que Drew se le cayera de los brazos, lo dejó en el suelo, y el niño empezó a gatear.

Blake vio al niño en el mismo momento en que Drew se ponía de pie agarrándose a la puerta y se dirigía dando traspiés a la cocina. Como a cámara lenta, Bella vio que la miraba a ella, y en sus ojos vio brillar la determinación.

¿Por eso le había pedido que fuera su niñera? ¿Por qué habría ido en su busca? ¿Por qué le había pedido que se casara con él?

–Jeanne –dijo sin dejar de mirarla a ella–, creo que Bella y yo necesitamos hablar en privado.

–Claro.

Parecía incómoda, como si la presión que había en aquella estancia estuviera a punto de hacerla estallar. Con menos gracia y confianza de lo que era habitual en ella, salió de la sala.

La puerta principal de abrió y se cerró. Bella y Blake se quedaron solos.

Capítulo Doce

–¿Lo sabías? –le preguntó. Le sorprendía a sí misma lo tranquila que parecía–. ¿Por qué no me lo has dicho? ¿O es que no pensabas decírmelo? ¿Qué habría pasado cuando tuviéramos otro hijo y se pareciera a Drew?

–Es una pregunta que deberíamos contestar los dos, ¿no te parece? –preguntó, y se acercó a ella–. ¿Pensabas decírmelo tú?

La sangre se le agolpaba en los oídos. ¿Qué podía decir para arreglar aquello? Se sentía un poco mareada.

–No lo sé. Todo entre nosotros ha pasado tan deprisa que… luego me pediste que me casara contigo, y… –las rodillas parecían ceder bajo su peso y él la abrazó–. Tenía miedo de perderte si te decía que Drew era hijo mío.

Un silencio espeso recibió su declaración. Cada segundo que iba pasando era como un agujero en la red salvadora que impedía que se ahogara.

–¿Cuánto tiempo hace que lo sabes? –le preguntó, sin levantar la cabeza de su pecho.

–Un par de semanas.

Lo sabía antes de pedirla en matrimonio.

–Por eso has querido casarte conmigo –dijo, apartándose de él con gran esfuerzo–, no porque me quisieras. Le has dicho a Jeanne que querías una madre para Drew, y mejor si era su madre verdadera. Casarte con alguien a quien quisieras no estaba en tus planes.

–Siento que me hayas oído decir eso.

–¿Cuánto tiempo estabas dispuesto a mantener la farsa? ¿O acaso creías que no me iba a dar cuenta de que nuestro matrimonio no era real?

–Yo siento algo por ti, y no debería molestarte que anteponga las necesidades de Drew a las mías. Tú hiciste lo mismo cuando te marchaste después de darle a luz, por mucho que te doliera dejarlo. Y estoy encantado de que vayamos a ser una familia.

–Pero no me quieres.

–Deja de darle vueltas a eso.

–¡Para mí es importante! La razón por la que me he resistido tanto tiempo a la idea de tener hijos es porque temía verme atrapada en la misma situación que mi madre. Somos muchos a los que cuidar, nunca había suficiente dinero, y la pobre parecía agotada y preocupada de continuo. No quería eso para mí, y decidí no conformarme con nada que no fuera ser feliz.

–¿Qué quieres decir?

–Que ahora me siento atrapada en una situación insostenible. No puedo casarme contigo sabiendo que no me quieres, pero lo que más deseo en este mundo es ser la madre de Drew.

–Pero podrías casarte conmigo sabiendo que te seré fiel, y te estaré eternamente agradecido por el milagro de Drew y de cuantos niños podamos tener.

¿Agradecido? Tuvo que cruzarse de brazos para

evitar el frío que la cercaba. ¿Cómo iba a ser feliz en semejante matrimonio?

—Necesito tiempo para pensar.

Y dio media vuelta hacia las escaleras, quitándose el anillo. Cuando se lo sacó, sintió que se quitaba un peso de los hombros. Casarse con Blake era un sueño imposible. Qué idiota había sido pensando que podía quererla. Ya no tendría que esforzarse en que sus amigos la aceptaran, o preocuparse porque pensaran que se casaba por él por su dinero.

Blake la agarró por la muñeca antes de que pudiera dejar el anillo en la mesa.

—Quédate con el anillo. Es el símbolo de lo mucho que deseo que seamos una familia.

—Si te preocupa que pueda abandonar a Drew, olvídalo. No necesito un anillo, ni una propuesta de matrimonio para quedarme. Quiero a mi hijo. Es la persona más importante de mi vida, y jamás le daría la espalda.

—¿Y qué pasa conmigo? ¿Crees que te he pedido que te cases conmigo sin pensar? Quiero que estés en mi vida. Este mes me he dado cuenta de lo importante que eres para mí.

Bella tiró de su mano para soltarse, y apretó el anillo contra la palma de Blake.

—No podría ser feliz sabiendo que soy yo quien te impide encontrar a una mujer a la que amar y con la que ser completamente feliz.

Y con los ojos llenos de lágrimas, subió escaleras arriba, dejando atrás a los dos hombres más importantes del mundo para ella.

***

Blake se quedó inmóvil, con la mirada puesta en el lugar por el que había desaparecido Bella, hasta que un estruendo seguido del llanto de Drew lo sacó de su estupor. Había volcado una de las mesitas que había junto al sofá y con ella había caído una fotografía. Lo levantó del suelo. No se había hecho nada. Solo estaba asustado.

Con el niño en brazos, subió al primer piso. Su conversación con Bella había sido un desastre, pero no estaba dispuesto a que con ella se desbaratasen todos sus planes. Se encontró con la puerta del dormitorio cerrada y pensó en llamar, pero Drew estaba bostezando. Necesitaba un cambio de pañales y una siesta. Ya lo haría después.

Pero cuando Drew se quedó dormido y Blake pudo acudir a su dormitorio, la encontró haciendo el equipaje.

—¿Se puede saber qué haces?

—Necesito tiempo para pensar, así que me voy unos días a casa.

—Te sacaré un billete para Nueva York. ¿Cuatro días serán suficientes? Nos esperan en la fiesta de aniversario de los Weaver.

—No voy a Nueva York, sino a Iowa.

—¿Cuántos días son unos días?

—Cinco. Puede que una semana.

—Drew te echará mucho de menos si te vas tantos días.

–Lo sé, pero te tiene a ti. Y a Jeanne. Y a la señora Farnes.

–No es lo mismo que tener a su madre.

–No me voy para siempre. Solo una semana.

–¿Por qué no te quedas y piensas aquí? Si es espacio lo que necesitas, puedo irme yo a Nueva York. Me llevo también a Drew si quieres.

–No voy a permitir que tengas que dejar tu casa. No te preocupes por mí, que no me va a pasar nada.

Aquel momento le estaba recordando el de su partida tras el nacimiento de Drew y su angustia era tremenda.

–¿Me llamarás?

–Por supuesto –cerró la cremallera de la maleta y se colgó el bolso–. Tengo que irme. Sale un autobús a Nueva York dentro de una hora.

–Te llevo.

–No hace falta. He pedido un taxi.

–Quédate –le rogó, tomando su cara entre las manos.

–No puedo. Ahora no.

–Pero vuelve.

–Lo haré –contestó, pero su expresión no parecía decir lo mismo–. Adiós, Blake. Dale un beso a Drew de mi parte y dile… dile que le quiero.

Y desapareció, dejándole con la sensación de que, en aquella ocasión, no podía echarle a nadie la culpa de que la mujer más importante de su vida se marchara.

***

Cuando llegó a su piso, Deidre la estaba esperando. La había llamado desde el autobús para decirle que volvía a casa, pero sin darle más detalles.

–¿Estás bien? –preguntó nada más verla, abrazándola con fuerza.

Había pasado toda la tarde conteniéndose, y con Deidre se dejó ir. Los sollozos la sacudieron entera.

Cuando por fin se hubo desahogado de lo peor, Deidre habló:

–¿Qué ha pasado?

–Blake sabía que yo era la madre biológica de Drew.

–¿Se ha enfadado?

–No. Creo que hace tiempo que lo sabía.

–¿Se lo dijo Victoria?

Bella negó con la cabeza.

–Me dijo que había visto una factura de la clínica de fertilidad.

–¿Y qué tiene eso de malo?

–Es que… me ha pedido que me case con él –se frotó el dedo en el que había llevado el anillo–. Hemos estado prometidos un par de días.

–¿Qué? ¿Y no me has llamado para contármelo?

–No se lo dije a nadie.

–¿Ni siquiera a tu familia?

Bella se secó una nueva riada de lágrimas.

–No, y no sé por qué. Creo que tenía miedo de que algo pasara.

–¿Quién ha roto el compromiso?

–Yo.

–¿Por qué?

–Porque el único motivo por el que quiere casarse conmigo es porque soy la madre de Drew. Él no me quiere.

–¿Te lo ha dicho antes o después de que le dijeras que sí?

–Lo he sabido hoy. Y en cuanto me he enterado, he roto el compromiso. ¿Cómo me voy a casar con él sabiendo que solo me quiere por mi instinto maternal?

–Sí, claro. Entiendo que estar casada con un millonario guapo y encantador debe ser una de las peores cosas que le pueden pasar a una chica. ¿De verdad esperas que me crea que un hombre que podría tener a cualquier mujer de Manhattan se conformaría con un matrimonio sin amor solo por el bien de su hijo?

–Pues eso es exactamente lo que quería.

–Decías que en la cama lo pasabais de maravilla. El sexo no puede ser tan bueno sin alguna conexión emocional.

Los argumentos de su amiga no le estaban sirviendo para tranquilizarla precisamente.

–Bueno, es que nos gustamos.

–¿Y estabas dispuesta a casarte con un hombre que solo te gustaba?

–¡Bueno, vale! ¡Estoy enamorada de él! –explotó.

–¿Hasta las trancas?

–¡Pues sí, hasta las trancas!

–Vale. Así que el hombre al que adoras, el padre del hijo al que has venido echando de menos durante todo un año, quiere casarse contigo –Deidre hizo una pausa y esperó a que Bella asintiera–. Y tú vas y lo rechazas porque no es suficiente para ti.

–Dicho así, me hace quedar como una idiota.

–Como una idiota, no, pero sí como si estuvieras muerta de miedo. ¿No te has pasado la vida huyendo de algo que, según tú, no era perfecto? La elección de tu madre no es la que tú habrías tomado, pero según tú, es feliz con su vida.

–He estado pensando mucho en eso. Creo que he tomado la decisión de no tener hijos porque en el fondo me parezco mucho a mi madre, y como empiece, no voy a ser capaz de parar hasta que esté ahogada y sin posibilidad de liberarme.

–Eso no tiene por qué pasarte a ti. Cásate con Blake y tendrás más dinero del que podrás gastar, además de un ejército de niñeras que te ayuden a cuidar de tus hijos.

El pragmatismo de Deidre se parecía a lo que Jeanne le había dicho.

–¿Y dejar que todo el mundo piense que me caso con él por su dinero? –preguntó, molesta.

–¿Por qué te preocupa lo que puedan pensar los demás? Si tus motivos son puros, que les den morcilla –entró en la cocina y salió con dos copas de vino tinto–. Nos vamos a tomar una copa de este delicioso vino que me ha regalado mi amigo Tony y luego me vas a decir a qué club quieres que nos vayamos esta noche. Antes de que tomes la decisión de que Blake no es para ti, sugiero que te acuerdes de cómo vive una chica soltera. Luego ya me dirás si es eso lo que quieres de verdad.

–¿Y si lo es?

–Pues yo te apoyaré. Pero si no lo es, espero que

llames a Blake y le digas que quieres disfrutar de un largo noviazgo seguido de una sensacional boda en Nueva York con todos sus aderezos. ¿Trato hecho? –preguntó, ofreciéndole la mano.

–Trato hecho –respondió.

¿A qué se estaría refiriendo con lo de sus aderezos?

En la casa de la playa, la soledad reverberaba en las paredes. Blake estaba sentado en la oscuridad, con una copa de whisky sin tocar sobre la mesita. Bella se había marchado hacía tres días.

Y no era él el único que había notado su ausencia en forma de un tremendo vacío en el estómago. Drew estaba más inquieto que nunca. Acababa agotado de tanto llorar por las noches, y no conseguía dormir sus siestas habituales. Si se había imaginado que su hijo era demasiado pequeño para notar la ausencia de Bella, es que no había sabido ver la intensidad de lazo que se había creado entre madre e hijo.

Sonó el móvil. Jeanne lo había llamado para invitarlo a cenar con unos amigos, pero él se había negado a salir de casa. No era buena compañía para nadie. Pero no era su hermana, sino Victoria. No le apetecía hablar con ella, así que no descolgó.

Menos de diez minutos después, sonó el timbre. Maldiciendo fue a abrir esperando encontrarse con Jeanne, pero resultó ser Victoria.

–Si has venido a convencerme de que vaya a cenar a casa de mi hermana, estás perdiendo el tiempo.

–No vengo por eso –contestó, y pasó de largo para entrar en la casa–. Jeanne me ha dicho que no has quitado mis fotos hasta principios de verano.

–No quieras leer más allá de lo que hay.

–¿Te has preguntado por qué?

–Porque no me había puesto a ello, simplemente.

–Yo creo que hay mucho más detrás de ello –respondió. Blake le ofreció una copa y ella la aceptó–. Tu hermana me ha contado que te casas con Bella.

–¿También te ha contado que tenemos problemas?

–Lo que me ha dicho es que no la quieres.

–A ti sí te quise y mira cómo salió todo.

–¿Y crees que tendrás más suerte en un matrimonio sin amor? ¿O lo que te pasa es que tienes miedo de querer una segunda vez?

Su pregunta fue directa al grano.

–He antepuesto las necesidades de Drew a las mías propias.

–Eso no te va a funcionar.

Vicky había sido siempre una persona centrada en sí misma, en su carrera como modelo primero, en su búsqueda de otras posibilidades cuando esa profesión la fue dejando fuera. Era guapa, egocéntrica, excitante e irritante, una mujer que exigía su atención más absoluta y que se enfadaba cuando no la recibía. Nunca habían sido una pareja, sino dos personas luchando por el poder, de modo que su matrimonio había carecido de alegría.

–¿Sabías que fui yo quien le dijo a Bella que no volviera a ponerse en contacto con nosotros una vez nació Drew?

–Ella me lo dijo –respondió. ¿Dónde querría ir a parar con aquella confesión?–. Que para Drew sería más complicado tenerla cerca.

–En parte fue por eso, pero también porque no me gustaba veros juntos. A ella le encantaba oírte hablar de tu trabajo. Lo que a mí me mataba de aburrimiento, a ella le fascinaba. Tú devorabas las historias de su familia, y te hacía reír. Cuando estabais juntos, yo me sentía una intrusa.

–Éramos amigos, nada más.

–Pero eso ya era mucho. Los dos conectabais de un modo que tú y yo nunca pudimos, y eso no me gustaba.

–A mí no me interesaba nada de ella, aparte de su amistad.

–Porque tú y yo estábamos casados y tú eres un hombre de honor. Pero ella estaba enamorada de ti. Para mí resultaba obvio, y por eso le pedí que nos dejara en paz.

Blake no podía creer lo que estaba oyendo.

–No es cierto.

–Lo estaba, y yo diría que desde el principio. ¿Quién podría culparla? Creo que yo me enamoré de ti la primera vez que salimos juntos.

–¿Por qué me estás diciendo todo esto?

–Porque tú no estás enamorado de ella, y acabarás partiéndole el corazón. ¿De verdad quieres seguir adelante?

Vicky siguió con la conversación, pero él ya no la oyó. No podía. ¿Bella, enamorada de él? ¿Seguiría sintiendo lo mismo, y él la había dejado escapar?

–Aunque tú y yo queríamos cosas diferentes, cuando mi obra fracasó, lo único que deseé fue correr de nuevo a tus brazos y dejar que me cuidases como hacías antes.

Pero él ya no quería cuidarla. Había elegido su carrera por encima de él y de su familia. Sus mentiras y su infidelidad habían puesto el punto final a su matrimonio, que llevaba mucho tiempo con dificultades.

–Vicky, tú ya no eres la mujer con la que quiero estar –dijo, quitándole la copa de la mano y empujándola suavemente hacia la puerta.

Ella lo miró con incredulidad.

–¿De verdad piensas casarte con esa chica de granja? Piensa en tus amigos. Nunca la aceptarán. Con el estilo de vida que llevas en Nueva York, te hará quedar en ridículo.

–Bella es todo lo que puedo querer en una mujer, y si a mis amigos no les gusta, es que necesito amigos nuevos. Yo salía de fiesta solo porque tú insistías en que teníamos que dejarnos ver, pero lo que quería, lo que quiero en realidad es estar con mi hijo –la acompañó hasta el coche para asegurarse de que comprendía que no la quería allí–. Te deseo lo mejor.

–Estás cometiendo un gran error.

–El único error que he cometido es el de no darme cuenta antes de que estoy enamorado de Bella –abrió la puerta del coche de Vicky y la invitó a entrar–. Pero por fin he recuperado la cordura, y tengo que agradecértelo a ti.

No se quedó a ver cómo se marchaba. Tenía cosas que preparar. Tenía que hacer algo para recuperar a

Bella, ¿pero qué? Lo que hiciera tendría que salir del corazón y para él, un hombre acostumbrado a comprar lo que necesitaba, le intimidaba la idea de no poder encontrarlo.

Lo primero que tenía que hacer era irse a Iowa y conocer a su familia. No debería haberle pedido que se casara con él sin antes conocer el lugar del que provenía y a las personas que más la querían.

Subió a hacer la maleta y a intentar descubrir qué podía hacer por una mujer que nunca parecía querer nada para sí misma.

A la mañana siguiente, Blake y Drew salieron para Iowa. Haría lo que fuera necesario para recuperar a Bella. Volaron hasta Dubuque y allí alquiló un coche.

Con una familia tan grande como la que tenía Bella, la llegada de un coche desconocido era motivo de curiosidad, de modo que cuando se detuvo delante de la casa, quedó rodeado por dos perros, una cabra y cuatro niños de entre cinco y catorce años.

Blake salió del coche y sonrió.

–Hola –dijo–. Soy Blake Ford. Vengo a ver a Bella.

–Está en Nueva York –dijo uno de los chicos.

–¿Por qué quieres ver a Bella?

Un perro se acercó un poco más y gruñó.

–Me dijo que iba a venir a veros a vosotros.

–No ha venido desde Navidad –le informó una niña, que parecía la mayor–. ¿Es su hijo?

–Sí –contestó, y antes de que pudiera impedírselo,

la niña había abierto la puerta y le había quitado el cinturón–. Se llama Drew.

–Es igualito a Ben cuando era bebé.

–Todos los bebés se parecen.

–Bueno –la niña tomó a Drew en brazos y caminó hacia la casa–. Entre y véalo por sí mismo.

Blake salió tras la muchacha. Una mujer abrió la mosquitera y salió, secándose las manos en un paño se cocina.

–Hola –la saludó, ofreciéndole la mano–. Soy Blake Ford. Hablamos por teléfono hace poco más de un mes.

–¡Ah, sí! –contestó, y tomó al bebé de brazos de su hija–. Me dijo que Bella iba a cuidar de su hijo. ¿Es él?

–Sí.

–Mamá, ¿a que se parece a Ben cuando era bebé?

–Cierto –la madre de Bella lo miró frunciendo el ceño–. ¿Por qué, señor Ford?

–Creo que es algo de lo que deberíamos hablar tranquilamente.

Capítulo Trece

Bastó con una noche de ir de un club a otro en compañía de Deidre para darse cuenta de que aquello no era lo que quería. Estuvieron fuera hasta el amanecer, y cuando se metió en la cama a las cinco de la mañana lo único en lo que podía pensar era en lo mucho que le habría gustado pasar esas horas con Blake y con Drew.

Había decidido no volver a Iowa. Aquel no era ya su sitio, sino dondequiera que estuviese Drew.

No era capaz de dormir, ni de comer; estaba de un humor de perros, y a la quinta noche en aquellas circunstancias, tumbada en la cama mirando el techo, llegó a la conclusión de que había tomado un montón de decisiones equivocadas en cadena.

No había relación perfecta, y si se pasaba la vida buscándola, seguramente acabaría hundida en la miseria y sola.

Pero ¿cómo casarse con Blake sabiendo que no la quería?

Estar con él y con Drew aquellas semanas la había hecho feliz. Sabía que él no la quería, pero nunca antes había sido tan feliz. Su hogar estaba junto a Drew. Y junto a Blake.

El viaje en autobús hasta los Hamptons le pareció

eterno, tanto que tuvo horas para preparar las palabras que quería decirle. Se imaginó docenas de escenarios, pero al final todos terminaban con que él la echaba de su casa con cajas destempladas y le pedía que no volviera a poner los pies allí.

Le pidió al taxista que esperara un momento y llamó al timbre en lugar de utilizar la llave que aún tenía.

La señora Farnes fue quien abrió la puerta. Parecía sorprendida de verla.

—¿Qué haces tú aquí?

—He venido a ver a Blake —contestó, con el corazón encogido.

—No está.

—¿Ha vuelto a Nueva York?

La señora Farnes se hizo a un lado y la invitó a entrar.

—Está en Iowa —dijo, divertida—. Ha ido a verte.

—¡Pero si yo no me he ido a Iowa! —pensó en todas las llamadas que había tenido suyas y la esperanza resurgió—. ¿Cuánto tiempo hace que se marchó?

—Ayer por la mañana.

Así que llevaba con su familia casi veinticuatro horas.

—Será mejor que lo llame.

Volvió al taxi, pagó y marcó el número de Blake. Le contestó al tercer timbrazo.

—¿Dónde estás?

—En la casa de la playa. ¿Y tú?

—En la granja de tu familia, ayudando a tu padre a reparar el tractor. Al parecer no arranca bien.

–¿Qué haces ahí?

–Es que dijiste que venías –le oyó a hablar con otra persona y luego volvió a su conversación–. ¿Qué haces en la casa de la playa?

–Pensé que estarías aquí, y quería disculparme por haberme ido de ese modo. Quiero que Drew, tú y yo seamos una familia, si aún me aceptas.

–Y yo he venido a buscarte a Iowa –respondió en tono sombrío–. Pues claro que te acepto. De hecho, si estuviéramos en el mismo estado, te demostraría hasta qué punto.

Bella sintió unas ganas locas de reír.

–No podíamos coordinarnos peor, ¿verdad?

–Creo que los dos hemos tenido miedo de reconocer lo que de verdad queríamos por temor a que nos hicieran daño.

–Pues yo ya no tengo miedo. Eso es lo que he venido a decirte. Llevo mucho tiempo huyendo de lo que más deseaba, que es tener una familia. Pensé que sería una carga, y no una alegría.

–Yo te lo propuse de un modo tan horroroso… no debía permitir que pensaras que solo lo hacía por Drew. Lo cierto es que podría haber encontrado a muchas mujeres que habrían podido ser buenas madres para Drew, pero ninguna de ellas habría sido mi mujer. Solo tú. Ha sido providencial que fueras la madre biológica de Drew, porque así he encontrado el modo de que lleguemos a ser una familia sin tener que admitir que yo era el que no podía vivir sin ti.

Las lágrimas le rodaron por las mejillas.

–¿Por qué tienes que estar tan lejos?

–Quédate donde estás. En seis horas estoy ahí a recogerte.

–Qué tontería. Tomo el primer vuelo, y…

–No. Te llamo de camino para decirte a qué hora aterrizaremos.

–Date prisa, por favor –murmuró, casi sin voz por la emoción–. Os he echado mucho de menos.

–Te quiero –dijo–. Hasta dentro de unas horas.

Bella se quedó mirando el teléfono que había quedado ya en silencio.

–Me quiere –dijo como si quisiera convencerse. La señora Farnes salía en aquel momento de la cocina con una taza de té en la mano–. Me quiere –repitió, casi sin dar crédito.

–Pues claro que te quiere –dijo el ama de llaves con una gran sonrisa–. Hace tiempo ya.

En el instante en que el avión tocó tierra, Blake abandonó su asiento y se fue a la puerta para poder salir en cuanto la tripulación desplegase la escalerilla. Bajó rápidamente, mirando a su alrededor buscando a Bella por todo el hangar. Estaba a un lado, con la maleta a los pies, sus ojos azules más grandes que nunca.

Unos pasos y la tomó en brazos, haciéndola girar. Su risa se extendió por todo el hangar. Cuando volvió a dejarla en el suelo, la besó en la boca con tantas ganas que lo que sentía por ella no podría haber quedado más claro.

–Te he echado de menos –dijo por fin, tomando su cara con las dos manos.

–Yo también a ti –dijo, sonriendo–. Y tengo unas ganas locas de ver al niño.

–Pues vas a tener que esperar un par de horas. Lo he dejado con tu familia.

–¿No te lo has traído? –preguntó, horrorizada–. ¿Te das cuenta de que seguramente mi padre se lo llevará a dar una vuelta en el tractor? O puede que a alguno de mis hermanos le parezca buena idea llevarlo a conocer a las vacas. Nadie sabe lo que puede pasar.

–Estará bien, no te preocupes. He pensado que a ti y a mí nos vendría bien tener unas horas para nosotros solos –recogió su maleta y le rodeó la cintura con un brazo–. Por cierto, tu madre ha sabido, sin que yo se lo dijera, que Drew es hijo tuyo.

Bella tropezó, pero el brazo de Blake la sostuvo.

–¿Cómo?

–Al parecer es igual que Ben cuando era pequeño.

–¡Eso es imposible! Drew se parece a ti.

–Según tu familia, no. He visto las fotos y tienen razón. La barbilla y la nariz son de los McAndrew.

–¿Se lo has contado todo?

–He pensado que sería mejor que lo hicieras tú.

En cuanto subieron al avión, Bella se acurruco junto a él, apoyando la cabeza en su hombro.

–¿Cómo lo supiste tú?

–Encontré una factura de la clínica, leí todos los detalles y me di cuenta de que los gastos no eran de una inseminación in vitro, sino de una inseminación artificial.

–Victoria me dijo que sus óvulos no eran viables.

–Que yo sepa, eso no es cierto.

–Bueno… supongo que solo soy una inocente chica de Iowa –contestó. Qué humillante ser tan tonta–. La creí sin más.

–A mi exmujer se le da de maravilla decirle a los demás lo que esperan oír –resumió con cierta frustración–. Durante años me hizo creer a mí que quería tener familia.

–A lo mejor no supo lo que quería en realidad hasta que ya fue demasiado tarde. Estaba desesperada. Me dijo que vuestro matrimonio se rompería si no podía darte un hijo.

–¿Pero cómo pensó que podría engañarme indefinidamente?

–Cuando una persona está desesperada hace cosas absurdas a veces –levantó la cabeza para mirarlo–. Yo lo sé bien. Fui capaz de dar a mi hijo a cambio de dinero para que mis padres no perdieran su granja.

Blake tomó su cara entre las manos y la besó con delicadeza.

–Y todos los días le doy las gracias a Dios porque haya permitido que tus padres tuvieran problemas económicos, porque de otro modo nunca nos habríamos conocido y no tendría a mi hijo.

Y volvió a besarla, con una maestría tal, que le hizo olvidar todo lo que no fuera aquel instante.

–Nunca he sido tan feliz como ahora –dijo, descendiendo con los labios por su cuello.

–Me alegro.

Blake la miró frunciendo el ceño.

–No pareces muy convencida.

–No olvides que te he visto con Victoria.

–Ella no me hacía sentir como tú. Vivir a su lado era agotador. El drama le encanta, y cuando no había motivo, se lo inventaba.

–Pero parecíais muy felices.

–Nuestro matrimonio funcionó mientras Victoria tuvo lo que deseaba. Yo era feliz concediéndole todos los caprichos, pero por mi parte lo único que deseaba era ser padre. Las cosas empezaron a cambiar a toda velocidad cuando accedió a tener hijos.

Bella no dijo nada. Confiaba en que Blake supiera dónde se estaba metiendo.

Suspiró.

–Contigo tengo la sensación de estar en una sociedad de iguales, así que deja de suspirar. Contigo es genial. Sé que los dos estamos en la misma página.

–¿Seguro que no vas a…?

–¿A aburrirme?

Qué capacidad tenía para leerle el pensamiento.

–A lo mejor echas de menos el drama.

Blake sonrió despacio.

–Prefiero tu pasión al amor de Vicky por el caos.

Y el beso abrasador que le plantó en la boca demostró hasta qué punto era cierto lo que decía.

Bella conocía a su familia bien, y se esperaba una multitud aguardándola en casa. No se equivocaba. La última vez que había estado en Iowa había sido en Navidad, y tanta gente le provocó una sensación algo claustrofóbica, tras la paz que había disfrutado en su apartamento de Nueva York. Además, era imposible responder a todas sus preguntas sobre lo que había estado haciendo durante aquel año.

Pero, por encima de todo, quería compartir la verdad con su madre. Renunciar a Drew había sido una herida abierta y necesitaba drenar su dolor llorando en sus brazos, a pesar de que nunca había aprendido a dejar que la consolaran. Siempre era ella quien apoyaba a los otros, así que recompuso el gesto y enterró el dolor.

–¡Estás en casa!

Jess fue la primera en llegar hasta ella. En cuanto Blake detuvo el coche, su hermana abrió la puerta y tanto quiso abrazarla que casi se cae en el asiento con ella.

–Te he echado de menos –le dijo.

–Yo también a ti –confesó Bella.

Blake entró con ella a la casa, dándole la mano, y fue el mejor baluarte para el bombardeo de preguntas que los recibió.

–Quiero ver a Drew –le dijo a él.

–Tu madre lo ha puesto en tu habitación. No me dejó que nos quedáramos en un hotel.

Bella asintió.

Entró en la habitación.

–¡Oh, mira! ¡Está despierto!

Se había puesto de pie y se agarraba con sus manitas gordezuelas a la barandilla de la cuna. Nada más verla, comenzó a botar sobre el colchón, entusiasmado.

–Está entero –comentó Blake–. Tu familia no ha sido demasiado dura con él.

Fue tenerlo en los brazos y la tensión que había sufrido durante toda la semana desapareció. ¿Cómo había podido ser tan estúpida como para separarse de su hijo dos veces?

—Jamás volveré a dejarte –le murmuró junto al cuello.

—Blake, ¿te importaría dejarnos solas un momento?

—Claro que no.

Bella vio que su madre estaba en la puerta, y el estómago se le encogió. En cuanto estuvieron solas, se sentó en la cama con el bebé apretado contra el pecho a modo de escudo.

—Sé lo que me vas a decir –empezó.

—¿Ah, sí? –contestó su madre, sentándose a su lado–. ¿Y qué es lo que voy a decirte?

—Que lo que hice estuvo mal. Que actué sin pensar.

—Como no sé exactamente lo que hiciste, no es eso lo que iba a decir –su madre le puso la mano en la cabeza con ternura–. ¿Qué pasó, hija?

—Fui a Nueva York en respuesta a un anuncio que había puesto una empresa que se dedicaba a poner en contacto a parejas con problemas de fertilidad y madres de alquiler –su madre guardó silencio, y ella continuó–. Allí conocí a Blake. Él y su mujer no podían tener hijos, y decidieron usar los servicios de esa empresa.

—Pero una madre de alquiler no suele proporcionar el óvulo, ¿no?

—Victoria me dijo que los suyos no valían.

—¿Eso te dijo? ¿Y era cierto?

–No. Pero en aquel momento me dijo que estaba luchando desesperadamente por salvar su matrimonio teniendo un hijo, y sentí lástima por ella.

–Bella… –su madre parecía muy angustiada–. Estabas renunciando a tu hijo.

–Tú no viste la expresión de Blake el día que me llevó a la primera ecografía. En aquel momento supe que haría cualquier cosa por hacerle feliz, incluso exponiéndome a no volver a ver nunca a Drew para que ellos pudieran tener la familia que él quería –besó la cabecita de su hijo–. Además, yo no tenía pensado tener niños, y no pensé que fuese a quererlo tanto.

–¿Cuándo te diste cuenta de que algo había cambiado?

–La primera vez que me dio una patada en la tripa. Pero para entonces ya era demasiado tarde, y Blake estaba entusiasmado ante la idea de ser padre.

–¿Estás enamorada de él?

–Completamente.

–Le ha pedido tu mano a papá.

–¿En serio?

Le encantaba que hubiera sido capaz de hacer algo tan a la antigua usanza.

–¿Y vas a casarte con él?

–No lo sé –sonrió–. ¿Papá dijo que sí o que no?

–Eso ha quedado entre ellos –respondió, y guardó silencio un momento–. Seguramente no sabes que soy consciente de lo mucho que has hecho por esta familia.

Bella bajó la mirada.

–Siempre haré cuanto pueda por ayudaros.

–Nos has dado gran parte de tu tiempo y de tu dinero, pero eso se acabó. Que vivas en Nueva York no era el sueño que tenía para ti, pero sé que Drew y Blake van a hacerte feliz. Me alegro de que hayas encontrado a un hombre que te quiera como tu padre me quiere a mí.

Y el amor era lo que hacía la carga de su madre menos pesada. El amor por su esposo. Y el de él por ella. El amor que sentía por aquella granja y por sus hijos. Los apuros económicos, la interminable cantidad de trabajo que hacía todos los días, las peleas entre sus niños, todo ello no le pesaba porque era feliz con la vida que había escogido.

Una auténtica bendición.

–Ya es hora de que pruebes a ser un poco egoísta –continuó su madre–. Prométeme que pensarás en ti lo primero al menos una vez a la semana.

Blake apareció en la puerta con una sonrisa.

–Voy a cuidar muy bien de ella.

La madre de Bella sonrió.

–Me alegro de ver que esta vez alguien se va a preocupar por ti, en lugar de al contrario –dijo, y tomó a su nieto en brazos–. Me lo llevo abajo a darle algo de comer.

Cuando se quedaron solos, Blake se agachó junto a Bella y sacó del bolsillo el anillo de pedida que ella le había devuelto.

–La última vez lo hice todo mal. Bella McAndrews, te quiero con todo mi corazón. ¿Me harás el honor de ser mi esposa?

Ella lo abrazó y se acercaron.

—Blake Ford, eres mi corazón y mi vida entera. Me casaré contigo y dedicaré el resto de mi vida a hacerte feliz.

Un beso reverente selló su compromiso.

—¿Vamos a contárselo a tu familia?

—Estoy segura de que alguno hay al otro lado de la puerta escuchando —respondió—. En esta casa no hay intimidad.

Blake se levantó.

—Entonces, lo mejor será que bajemos y dejemos que nos feliciten.

—Bien.

Y cuando salían, Bella pensó en todas las noches que se había quedado despierta, haciendo conjeturas sobre cómo sería su vida en el futuro, y ni una sola vez había contemplado la posibilidad de vivir en Nueva York, casarse con un millonario y fundar su propia familia.

De la mano de Blake se maravilló de cómo, a pesar de todos sus esfuerzos por evitarlo, había acabado consiguiendo lo que su corazón había deseado desde siempre.

Deseo

LAZOS DEL PASADO

OLIVIA GATES

Richard Graves llevaba mucho tiempo batallando con un pasado oscuro, y solo una mujer había estado a punto de hacer añicos esa fachada. Aunque hubiera seducido a Isabella Sandoval para vengarse del hombre que había destruido a su familia, alejarse de ella había sido lo más difícil que había hecho en toda su vida. Pero no tardó en enterarse de la verdad acerca de su hijo, y esa vez no se separaría de ella.

La venganza de Richard había estado a punto de costarle la vida a Isabella. ¿Sería capaz de protegerse a sí misma de ese deseo contra el que ya no podía luchar?

Los secretos les separaron.
¿Podría reunirles de nuevo su propio hijo?

¡YA EN TU PUNTO DE VENTA!

Acepte 2 de nuestras mejores novelas de amor GRATIS

¡Y reciba un regalo sorpresa!

Oferta especial de tiempo limitado

Rellene el cupón y envíelo a
Harlequin Reader Service®
3010 Walden Ave.
P.O. Box 1867
Buffalo, N.Y. 14240-1867

¡Si! Por favor, envíenme 2 novelas de amor de Harlequin (1 Bianca® y 1 Deseo®) gratis, más el regalo sorpresa. Luego remítanme 4 novelas nuevas todos los meses, las cuales recibiré mucho antes de que aparezcan en librerías, y factúrenme al bajo precio de $3,24 cada una, más $0,25 por envío e impuesto de ventas, si corresponde*. Este es el precio total, y es un ahorro de casi el 20% sobre el precio de portada. ¡Una oferta excelente! Entiendo que el hecho de aceptar estos libros y el regalo no me obliga en forma alguna a la compra de libros adicionales. Y también que puedo devolver cualquier envío y cancelar en cualquier momento. Aún si decido no comprar ningún otro libro de Harlequin, los 2 libros gratis y el regalo sorpresa son míos para siempre.

416 LBN DU7N

Nombre y apellido	(Por favor, letra de molde)

Dirección	Apartamento No.

Ciudad	Estado	Zona postal

Esta oferta se limita a un pedido por hogar y no está disponible para los subscriptores actuales de Deseo® y Bianca®.
*Los términos y precios quedan sujetos a cambios sin aviso previo.
Impuestos de ventas aplican en N.Y.

SPN-03   ©2003 Harlequin Enterprises Limited

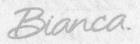

No les quedaba más remedio que encontrar un modo de afrontar su incierto futuro y de reprimir el mutuo deseo que se encendió aquella primera y ardiente noche…

Sergio Burzi se sintió intrigado cuando una mujer deslumbrante se sentó sin ser invitada a su mesa en un exclusivo restaurante de Londres alegando que estaba huyendo de una cita a ciegas. La inocente y cándida ilustradora Susie Sadler no se parecía nada a las mujeres con las que estaba acostumbrado a salir, pero la repentina e incontenible necesidad que experimentó de estar con ella, aunque solo fuera una noche, resultó abrumadora.

Pero tomar lo que uno desea siempre tiene sus repercusiones, y el mundo de Sergio se vio totalmente desestabilizado cuando Susie le comunicó que estaba embarazada.

Una noche… nueve meses

Cathy Williams

UNA HERENCIA MISTERIOSA

MAUREEN CHILD

Sage Lassiter no había necesitado a su multimillonario padre adoptivo para triunfar en la vida. Pero cuando J. D. Lassiter le dejó en herencia a su enfermera una fortuna, Sage no pudo quedarse de brazos cruzados. Estaba convencido de que la enfermera Colleen Falkner no era tan inocente como aparentaba, y estaba dispuesto a hacer lo que fuera con tal de desenmascararla… aunque tuviera que seducirla.

Pero el sexo salvaje podía ser un arma de doble filo, porque Colleen no solo iba a demostrarle que se equivocaba, sino que iba a derribar las defensas con las que Sage siempre había protegido celosamente su corazón.

Peligroso juego de seducción

¡YA EN TU PUNTO DE VENTA!